James Patterson
BOOK**SH🔥TS**

Lecciones de pasión

Lecciones de pasión

ERIN KNIGHTLEY

Prólogo de
JAMES PATTERSON

OCEANO exprés

LECCIONES DE PASIÓN

Título original: *Learning to Ride*

© 2016, Erin Knightley
© 2016, James Patterson (por el prólogo)

Publicado en colaboración con BookShots, un sello de
Little, Brown & Co., una división de Hachette Book Group, Inc.
El nombre y logotipo de BookShots son marcas registradas
de JBP Business, LLC.

Traducción: Lorena Amkie

Portada: © 2016, Hachette Book Group Inc.
Diseño de portada: Kapo Ng
Fotografía de portada: Alan Poulson Photography / Shutterstock

D.R. © 2018, Editorial Océano de México, S.A. de C.V.
Eugenio Sue 55, Col. Polanco Chapultepec
C.P. 11560, Miguel Hidalgo, Ciudad de México
info@oceano.com.mx

Primera edición: 2018

ISBN: 978-607-527-563-5

Impreso en México / *Printed in Mexico*

Prólogo

Cuando tuve la idea de los Bookshots, supe que quería incluir historias de amor. El propósito de los Bookshots es precisamente el de ofrecer a la gente lecturas rápidas que la atrapen por un par de horas, así que publicar historias de amor parecía más que indicado.

Respeto mucho a los autores de ese tipo de libros. Yo incursioné en el género cuando escribí *Suzanne's Diary for Nicholas* y *Sundays at Tiffany's*. Aunque los resultados me dejaron satisfecho, aprendí que el proceso de escribir relatos de esa clase requería esfuerzo y dedicación.

Por eso en Bookshots quise asociarme con los mejores autores de historias románticas. Trabajé con escritores que saben cómo desenvolver emociones de sus personajes y al mismo tiempo hacen que la trama avance.

Erin Knightley es una de esas autoras y ésta es una de esas historias. En *Lecciones de pasión* conocerás a Tanner y Madeleine, dos personas totalmente diferentes que deciden tomar un riesgo y enamorarse, aunque todo parece estar en su contra. Sus caminos parecen imposibles de encontrarse, en especial porque Madeleine está determinada a crecer en su nuevo trabajo. Espero que disfrutes de su viaje.

James Patterson

Capítulo 1

EL BAR QUE ESTABA FRENTE A ELLA parecía de una película de 1980, con su aspecto rudo y descuidado. Las ventanas de la fachada estaban cubiertas de anuncios de neón de color rosa y azul que anunciaban cervezas de las que ella nunca había escuchado, y un brillante letrero más grande revelaba el nombre del bar con orgullo: El alarido. ¡Por Dios! Al analizar todo eso, Madeleine Harper se preguntaba si haber venido era una buena idea. Por lo visto, el silencio de los últimos días seguía haciendo eco en su cabeza y comenzaba a afectarla.

En cualquier otro momento de mejor salud mental, habría dado media vuelta, subido a su impecable BMW blanco de dos puertas, y manejado a su habitación en el motel. Habría abierto una buena botella de vino, se habría puesto alguna de sus elegantes pijamas y se habría enfocado en un buen libro. Sin embargo, hizo exactamente lo mismo durante todas las noches de aquella semana, en el motel más aburrido, del pueblo más silencioso del mundo... necesitaba algo de ruido, gente y energía.

Por supuesto, no esperaba el mismo caótico bullicio al que estaba acostumbrada en su hogar en Nueva York: El alarido era el único negocio abierto después de las ocho de la noche en un jueves. Tendría que conformarse. Y, la verdad sea dicha, no estaba tan mal. El estacionamiento estaba sorprendentemente lleno y aunque el bar tenía pinta de ser un viejo tugurio, típico del sur, al menos no se caía a pedazos. El barandal de madera junto a la entrada parecía nuevo. El conjunto de música y risas que provenía del interior era la primera señal de vida real que había oído en una semana.

Gente, música, tragos... no era muy diferente de cualquier club en Nueva York, después de todo. Y ella fue quien quiso ir a Texas, ¿o no? Al menos eso se propuso semanas atrás, durante su despedida, con sus amigas, al enterarse de su ascenso y de que tendría que mudarse al diminuto pueblo de Sunnybell. Se habían reído a carcajadas mientras bebían sus *appletinis* de caramelo, después de que Aisha le pidiera a Madeleine que enviara fotos del primer vaquero con el que se topara.

—Ganas puntos extra si sólo lleva un sombrero y una sonrisa.

Recordar aquello la hizo alegrarse. Su estilo no era coquetear con cualquier vaquero —o con cualquier banquero, inversionista o *barman*, dado el caso—, pero ese recuerdo aligeró su ánimo lo suficiente para disipar sus dudas. Inhaló profundamente, enderezó la espalda, subió los tres escalones antes de llegar a la puerta estilo cantina, y la empujó.

El lugar estaba oscuro y saturado de humo, pero también estaba lleno de vida. Recorrió el interior con la mirada mientras avanzaba hacia la barra, tratando de no parecer una turista. Las paredes eran de cantera y estaban cubiertas de lazos, bridas, fotografías antiguas y anuncios de cerveza. Le quedó claro que la decoración no estaba compuesta de réplicas baratas como esos restaurantes de cadena texanos. Del mismo modo, los vaqueros del bar no se parecían en nada a las imitaciones promovidas por Hollywood. Todo en aquel lugar era genuino.

El bar en sí mismo era bastante grande, con mesas altas, mesas de billar y un escenario al fondo. Una banda de country interpretaba una excéntrica versión de una canción que Madeleine reconoció vagamente. Todos llevaban sombreros, botas y las típicas corbatas de bolo. Pero fue el corral en el centro del bar lo que llamó su atención. Era del tamaño de un ring de box y en él había un toro mecánico que se sacudía hacia adelante y hacia atrás mientras una mujer de larga cabellera y diminutos pantaloncillos lo montaba, riendo a carcajadas y aferrándose a él con todas sus fuerzas.

Alrededor del corral un montón de espectadores bebían cerveza y la animaban.

—¡Vamos, Amber! —gritó una mujer que pasó rozando a Madeleine con dos botellas de cerveza—, ¡enséñale a ese toro quién manda!

Madeleine no estaba segura de si la chica iba ganando o perdiendo, pero sus pechos se movían de forma increíble, lo cual probablemente era el punto. *¡Bien por ella!,* pensó Madeleine mientras se detenía frente a la barra. Que la música fuera totalmente ajena y que los parroquianos parecieran extras de un video de música country no importaba: a la hora de atraer al sexo opuesto, la mecánica era la misma, por lo visto.

—¿Qué te sirvo, preciosa? —preguntó el cantinero, arqueando las cejas. Aunque la barra estaba repleta, él se dirigió a ella y le sonrió como si tuviera todo el tiempo del mundo para atenderla. Madeleine pensó en varios cocteles que le apetecían, pero a juzgar por la ausencia de botellas detrás de la barra, le pareció que sería imposible prepararlos.

—Tal vez sea mejor que me digas qué tienes —respondió, ligeramente burlona. Él señaló los cinco tipos de cerveza que tenía, y las dos botellas de whisky. Ella eligió la única cerveza que conocía. Estaba suficientemente fría y le recordó sus tiempos como universitaria.

Giró para ver de nuevo el bar, contenta de tener algo que hacer. La verdad era que el lugar no estaba mal. Podría ser muy divertido... si sus amigas estuvieran ahí para compartir la experiencia. Dada su situación, se recargó en la pared y se colgó el letrero de "No molestar" en la frente. Se contentó con el ruido, el bullicio y el movimiento que la rodeaba; alegre de experimentar algo remotamente común en aquel extraño lugar. Se terminaría su trago, quizá tomaría uno más, y tal vez... tal vez, le haría conversación a alguien.

A la tierra que fueres...

Madeleine Harper, la gerente de la división de adquisiciones más joven en la historia de Suministros Aéreos Calvin, entraría al rodeo.

Tanner Callen la notó justo en el instante en que entró al local. *¡Vaya, vaya, vaya!* Así que la increíblemente atractiva neoyorquina al fin se aventuraba a salir del motel. La vio entrar e irse del estacionamiento en su elegante auto con placas de Nueva York varias veces en la última semana, con el rostro cubierto con aquellas gigantescas gafas oscuras que usaba. Pero aunque no hubiera visto las placas, sabría que era una forastera desde el primer vistazo. Sus pantalones de diseñador y sus tacones rojos sobresalían en aquel mar de jeans desgastados y botas de montar, como una rosa sobresaldría en un campo de helechos.

Su blusa era escotada y vaporosa, dando pistas de su

esbelta figura mientras caminaba entre la gente hasta la barra para pedir un trago. Tanner negó con la cabeza: Evan estaba a punto de tropezarse con su propia lengua mientras le daba su botella de cerveza.

—¡Tira ya, o te dejamos fuera del juego!

Tanner dirigió su atención a su amigo Mack y rio.

—Sabes que ésa sería la única forma en que me ganarías —le dijo. Mack y él eran amigos desde la preparatoria, y fastidiarse de ese modo era parte del juego. Diego, que era unos años más joven y con bastante menos experiencia, soltó una carcajada y golpeó a Mack en el hombro.

—Auch. ¿Vas a dejar que te hable así?

—Que hable todo lo que quiera —dijo Mack encogiéndose de hombros—, al final de la noche, él será el que cabalgue al viejo Bucky.

Tanner gruñó mientras dejaba su cerveza en la mesa llena de cáscaras de cacahuates, y sujetó su taco.

—Eres muy hablador, considerando que fue tu trasero el que salió volando de ese toro mecánico la última vez. Y la vez anterior.

Era una apuesta que tenían desde hace tiempo: quien perdía dos de tres juegos en las viejísimas mesas de billar del bar, tenía una cita con Bucky. ¿Qué mejor manera de darle una lección a una estrella de rodeo que verlo sacudirse como un saco de patatas sobre un toro mecánico? Tanner echó un vistazo por encima de su hombro una vez más antes de concentrarse en el juego. La Señorita Nueva York seguía sobre la barra, con su dorada cabellera acariciándole los sensuales hombros desnudos.

Al demonio con Bucky: si Tanner tendría una cita esta noche, que fuera con esa neoyorquina de tacones altos. Por suerte para él, la noche acababa de empezar.

Capítulo 2

—¿TE GUSTARÍA BAILAR?

Madeleine desvió la mirada del corral para ver al hombre que vestía camisa de mezclilla, y que acababa de colocarse a su lado. Era bastante lindo, parecía tierno, como cachorrito. Y aunque no pensaba bailar con él —ni con nadie más—, le sonrió de todas formas.

—Gracias, pero no tengo ganas de bailar esta vez.

Fue la misma frase que le dijo a todos los que la invitaron a bailar aquella noche. Esperaba que el hombre en cuestión le contestara de forma fría u grosera, cosa común en su experiencia, pero simplemente le dio un toque a su sombrero, como los demás, le ofreció una cortés sonrisa, y siguió su camino. ¡Increíble! En serio, todos los hombres deberían aprender de los vaqueros de este pueblo: la manera en que lidiaban con el rechazo era algo fuera de lo común. Sonrió para sí, mirando su botella de cerveza vacía, y negó con la cabeza. Por lo visto sólo fueron necesarios dos tragos para que aquel lugar comenzara a gustarle, y aunque lo negaría frente a todas sus amigas, se divirtió muchísimo con el espectáculo del toro mecánico. La máquina parecía tener dos velocidades: meneo sensual para las chicas, y movimiento enloquecido, como prueba de valor, para los chicos.

—¿Cuándo te animarás a subir, linda?

Madeleine vio a una chica alta y morena que lucía una camisa a cuadros ajustada y unos jeans muy entallados. Le sonreía amistosamente. La vio montando hace unos minutos, y lo hizo bastante bien. Madeleine se encogió de hombros y sonrió con un toque de ironía.

—Se lo dejaré a los profesionales, muchas gracias —dijo.

—¡Oye, todos tuvimos una primera vez! —replicó la chica, arqueando las cejas a modo de invitación—. Por cierto, soy Ashley.

—Yo soy Madeleine —dijo ésta, inclinando la cabeza—, y te aseguro que es más probable que me salgan alas y vuele, a que monte esa cosa.

Dado su terror a volar, aquella era una declaración importante. Pero antes de responder, algo del otro lado del salón desvió la atención de Ashley.

—¡Oh... por... Dios! —enunció. Sus ojos se abrieron como platos y miró brevemente a Madeleine—. Discúlpame, guapa. Nos vemos luego.

Fue de prisa hacia un grupo de mujeres vestidas de manera similar a la suya, que estaban del otro lado del corral, contra las cuerdas. Fue extraño. Madeleine se encogió de hombros y volvió a mirar la atracción principal. Estaba a punto de tomar el último trago de su cerveza cuando se quedó congelada. ¿De dónde salió ese hombre? Entró al corral de un salto, moviéndose ágilmente, a pesar de que la superficie acolchonada que rodeaba la máquina era irregular. Era la encarnación del vaquero sexy, cosa que no creía que existiera hasta ese momento. Alto, con barba, de hombros anchos, abdomen plano y tan ardiente que era capaz de encender aquellos jeans que se le veían tan bien. Y ella no fue la única en notarlo.

El ambiente del bar pareció cambiar cuando él subió de un brinco al toro mecánico con una sonrisa de resignación en los labios. De pronto, la partida súbita de Ashley cobraba sentido: él parecía tener la atención de todos, sin siquiera intentarlo. La multitud se reunió frente a las cuerdas, y los silbidos y exclamaciones ahogaron por completo lo que el hombre del altavoz decía. No es que a Madeleine le importara un comino, pero ver a ese vaquero era un placer.

Se ajustó el sombrero sobre la cabellera castaña, enganchó la mano en las cuerdas y asintió. El toro comenzó lentamente, dando suaves sacudidas y girando perezosamente. El negó con la cabeza y le sonrió pícaramente al operador, aunque nunca relajó su postura. Durante la última hora, Madeleine vio a un montón de vaqueros medio borrachos subiendo a la máquina y ninguno poseía el control ni la extraña gracia de este hombre. Mientras el toro aceleraba, él comenzó a moverse adelante y atrás, levantando un brazo sobre su cabeza mientras permanecía sujeto firmemente a la cuerda. Bajo las mangas enrolladas de su camisa a cuadros, sus músculos se marcaban, hipnotizándola. Madeleine se mordió el labio. Este hombre era un asiduo visitante del gimnasio, quedaba claro.

Madeleine se recargó sobre las cuerdas, ignorando la disonancia de risas, gritos, música y conversaciones a su alrededor y convirtiéndolo todo en ruido de fondo, cosa que la hacía sentir como en casa. ¡Dios, qué sexy era! Además de diestro, si uno consideraba que permanecer erguido sobre una máquina en movimiento era una habilidad necesaria para la vida. Esta noche, ella decidió que sí, que lo era. Nadie más lo hizo como él, sosteniéndose mientras el toro se sacudía, giraba y rechinaba. Entre más rápido se movía, más parecía dejarse llevar para no luchar contra el movimiento, sino fluir con él, como un jinete captando la energía de un caballo de carreras. Era muy sugestivo, impresionante.

Antes de que se diera cuenta, la alarma sonó y la multitud estalló en vítores mientras el toro se detenía tras una leve sacudida. ¿Ganó? ¿Podía alguien ganar montando al toro mecánico? Los espectadores, al menos, sí que ganaban. Ella, al menos, sentía que había ganado algo durante cada ronda que presenció. Ni siquiera intentó fingir que no contemplaba al vaquero mientras éste bajaba de un salto y enderezaba la espalda. Siempre le habían gustado los hombres altos. En especial cuando parecían la versión más salvaje de Chris Evans. Justo cuando ella lo admiraba con el mismo entusiasmo que si estuviera frente a un pastel de queso y chocolate blanco, él se acomodó el sombrero hacia atrás, la miró directamente y le sonrió. ¡La atrapó!

Sus pulmones se vaciaron de aire hasta el último suspiro. El vaquero era ardiente. Madeleine apretó la botella entre los dedos, suspiró para llenarse de oxígeno y logró sonreírle también. Gracias a Dios por aquel par de cervezas. Sospechaba que una Madeleine totalmente sobria habría huido hacia la puerta a toda velocidad. La Madeleine sobria no se divertía suficiente en la vida, en cambio, la Madeleine con dos cervezas podía remediar eso.

Él le sostuvo la mirada mientras bajaba del ring y se dirigía hacia ella. Caminaba confiado pero sin prisa. Parecía saborear la expectación, cosa que Madeleine, ciertamente, padecía. Su corazón galopaba, pero no habría podido desviar la mirada aunque hubiera querido. Por suerte, no lo deseaba. Mientras él acortaba la distancia, ella percibió que el color de sus ojos era aguamarina, justo el mismo tono que su caja de joyas, y también notó que su ceja izquierda tenía una pequeña cicatriz blanca que a ella le hizo pensar en una sola cosa: es un desvergonzado.

—¿Qué tal? —saludó sonriendo perezosamente, inclinando su sombrero. Un montón de mariposas comenzaron a aletear en el estómago de Madeleine, mientras miraba sus hermosos ojos. No había nada en él que no fuera sexy. Le habría tomado una foto, de no ser porque tenía demasiada ropa encima, cosa que le gustaría corregir pronto. Pensarlo la hizo ruborizarse rápidamente. No más cerveza para ella. Ignorando sus absurdos deseos, sonrió, tratando de ocultar que lo estaba imaginando desnudo.

—¡Hola! —saludó ella.

—No me parece haberte visto por aquí —dijo él. A ella nunca le habían gustado los acentos tejanos, pero ¡diablos, sus palabras eran prácticamente una caricia! Su voz era profunda y clara, y su manera de hablar le hacía pensar en miel y noches cálidas de verano.

—No lo creo posible —replicó, más pícara de lo que habría actuado jamás en circunstancias normales. Esa respuesta hizo que él riera, y le dio una mano.

—Baila conmigo.

Ella se prometió no bailar esa noche, sin importar cuantos tragos tomara. El plan era empaparse de aquella vida y energía, observar a los lugareños en su hábitat natural, y volver a su horrible habitación en el motel, como la misma desconocida que salió de ahí. Pero también se prometió nunca abandonar Nueva York. A veces había que cambiar los planes.

Inhalando profundamente, sonrió, dejó su botella y deslizó su mano en la de él.

Capítulo 3

CUANDO CERRÓ SU MANO, la sensación de esas palmas tocando sus propias manos suaves y de uñas arregladas, la hizo estremecer. Buenas noches, Vaquero. Se mordió el labio para evitar soltar una risita nerviosa y permitió que él la guiara hasta la pista de baile.

El ambiente era surreal. Le era difícil creer que aquello sucediera: ¿Madeleine Harper bailando música country por voluntad propia en un tugurio tejano? Pocas cosas estaban más alejadas de su zona de confort, pero ¿por eso era tan emocionante? Probablemente. O quizás era el hombre cuya mano tocaba la suya, atrayéndola con una confianza innata. Y caminar detrás de él, le permitía verlo de forma muy agradable.

Hasta hoy prefería la clase de hombre que usa trajes a la medida y zapatos finos, que se ejercita en una caminadora en ropa atlética de alta tecnología, mientras mira las noticias o escucha música en su iPod. En ese momento le era difícil recordar porqué pensaba que el look de revista *GQ* era más atractivo que un par de jeans que sentaran a la perfección y una camisa a cuadros suave y decolorada tras incontables lavadas.

Se permitió dar un vistazo a los anchos hombros y la musculosa espalda del vaquero mientras él les abría paso entre la multitud. Éste era un hombre que usaba botas por una razón, alguien cuyos músculos se habían forjado arremangándose las mangas y haciendo trabajo de verdad, un hombre que agarraba al toro por los cuernos... probablemente de modo literal, se dijo Madeleine con una pequeña sonrisa. Cuando un par de cervezas la ponía alegre, tenía mejor gusto, debía admitirlo.

Cuando llegaron al rincón más lejano y oscuro de la pista, él giró y la atrajo a sus brazos, con una sonrisa perezosa. No hubo momentos incómodos: se acoplaron como si hubieran bailado docenas de veces antes. Ella dejó escapar un suspiro de éxtasis, sin que le importara lo más mínimo que la música fuera de mal gusto y la clientela poco parecida a la gente de la que solía rodearse en la ciudad. Se estaba divirtiendo y la noche iba mucho mejor de lo que se imaginaba.

Mientras comenzaban a balancearse al ritmo de la música, él le acarició el brazo, su tacto era suave como una pluma.

—No eres de por aquí —dijo, más como una observación que como una pregunta.

—¿Qué me delató? —preguntó ella con una gran sonrisa. No hubiera sido más evidente aunque tuviera las palabras Nueva York impresas en la camisa.

—Es sólo un presentimiento —dijo él, riendo suavemente, y acercándose a ella un poco más—. Haré lo que esté en mis manos para que te sientas bienvenida.

La chispa de la atracción se encendió en lo más profundo de Madeleine. Saboreando la sensación, se acurrucó sobre su pecho.

—Yo diría que estás haciendo un buen trabajo hasta ahora —musitó.

Bailaron muy juntos, sus rostros estaban muy cerca, su danza era casi familiar. ¡Dios, ya lo deseaba! Y mucho. No eran sólo esos labios tan sensuales, de los que no podía apartar la mirada: la química que había entre ellos desde el instante en que sus miradas se habían cruzado era innegable. Mientras bailaban, la electricidad era palpable.

¿Cuándo fue la última vez que se sintió así? ¿Ligera, feliz, intoxicada por mucho más que un poco de cerveza? Una parte de ella quería ponerse de puntitas y besarlo en ese preciso lugar y momento, pero también quería saborear la deliciosa tensión que crecía entre los dos. Y seguía creciendo. Después de un par de canciones, la tensión la dejó sin aliento. Sus manos recorrieron la nuca de él y no podía dejar de imaginar que aquella cabeza se acercaba a la suya, recorriendo los pocos centímetros que la separaban de sus labios. Por la manera en que él se inclinaba hacia ella, parecía desear lo mismo.

—¿Y qué te trajo aquí esta noche, tan sola? —murmuró, mientras una canción de los 50 fue desvaneciéndose hasta convertirse en un éxito pop de la década de 1990. Siguieron bailando, con movimientos lánguidos y sin prisa.

—Curiosidad, supongo. Falta de opciones —agregó, con una sonrisa irónica.

—La curiosidad es algo sano, y supongo que debo estar agradecido porque no encontraste mejores alternativas. Ciertamente todo está a mi favor esta noche.

—También para mí —susurró ella, casi para sí misma, pero supo que él la escuchó cuando la abrazó completamente.

Bailaron sin soltarse, abrazados como amantes, sin importar si las canciones eran lentas o rápidas. Cuando hablaban, era en voz baja con sus rostros rozándose, pero la mayoría del tiempo sólo bailaron. Ella no se había dado cuenta de cuánto necesitaba esto. Tras meses de trabajar como loca, preparándose para la fusión y para la inesperada mudanza, casi no lograba recordar qué se sentía estar relajada. Pero ahí entre esos brazos sintió que la tensión se derretía, abandonando su cuerpo junto con todas las preocupaciones de los días por venir.

No tenía idea de cuánto tiempo habían pasado en la pista de baile cuando él se inclinó y sus labios rozaron su oreja.

—¿Qué me dirías...? —comenzó hablando en voz muy baja y grave, enunciando cada sílaba y acariciándole el cuello con su cálido aliento—, ¿...si te dijera que quiero besarte aquí y ahora, en la pista de baile?

Una ola de calor la recorrió cuando alzó la mirada para encontrarse con sus ojos cálidos. Sentirse deseada y respetada resultaba intoxicante. Le dio la oportunidad de tener el control sin ocultarle lo que él quería que sucediera.

—Diría: "¿Qué estás esperando?"

La sonrisa de él era dulce y traviesa a la vez. Sin dejar de balancearse con la música, alzó una mano para acariciarle una mejilla y se inclinó para posar los labios sobre los de ella. Cuando sus bocas se encontraron al fin, Madeleine lo sintió hasta la punta de los pies. Valió la pena la espera, definitivamente. Sus labios eran suaves pero obsesivos, y él atrajo su cuerpo más firmemente mientras exploraba el interior de su boca con la lengua.

¡El paraíso! Ella siguió su ejemplo, respondiendo a cada uno de sus movimientos. Posó los labios de lleno sobre los de ella, provocando que se le escapara un pequeño gemido que hizo que él la besara aún más. Toda la gente y el escándalo a su alrededor parecieron desvanecerse y eran sólo ellos dos, perdidos en el momento. Con el vestigio de conciencia que le quedaba, ella se dio cuenta de que aquello nunca le habría pasado en su vida normal. Por primera vez desde que se enteró de su reubicación, estuvo muy contenta de estar justo donde estaba en ese instante.

Diablos, la mujer sabía besar. A Tanner le habría encantado seguirla besando durante toda la canción, pero el roce de otro cuerpo a su espalda le recordó que estaban rodeados de gente. Retrocedió, reticente. El pequeño sonido de protesta que ella emitió le atravesó el pecho y estuvo a punto de mandar al demonio la precaución y volverla a besar, pero se forzó a resistir.

De hecho, no planeaba besarla con tal intensidad la primera vez, pero bueno, no pudo controlarse. Era increíblemente sensual, y Tanner podía sentir su propio cuerpo vibrando de deseo durante todo el rato que bailaron juntos. Hay personas que simplemente encajan, como si fueran piezas de un rompecabezas. Pero besarse de ese modo era algo que tarde o temprano acabaría llamando la atención, y él no quería público. En vez de eso, le acomodó un mechón rubio detrás de la oreja, dejando que sus dedos le acariciaran el cuello al bajar.

—¿Te gustaría seguir bailando en alguna parte un poco

más... privada? —preguntó. No pudo evitar tocarla desde el instante en que ella le dio la mano, y la idea de tener acceso total a ella hacía que su corazón pateara contra su pecho como un potro enloquecido. Esa misma mano ahora bajaba por su espalda, enviando toda clase de sensaciones a lo largo y ancho de su cuerpo.

—¿Tienes algún lugar específico en mente? —preguntó ella. A él se le ocurrieron una docena de escenarios, y ninguno de ellos incluía espectadores.

—Donde sea, menos aquí, preciosa.

Ella era la forastera, y él quería que la decisión estuviera en sus manos. Quería que muchas cosas estuvieran en sus manos.

—En ese caso —susurró ella en voz baja y sedosa, mientras lo sujetaba por las trabillas del cinturón—, conozco el lugar perfecto.

Él no pudo resistirse a levantarle la barbilla con gentileza y robarle otro breve beso, un beso ardiente, lleno de deseo. Una noche con esa mujer prometía ser memorable. Retrocediendo levemente, le ofreció una sonrisa lenta e íntima.

—Te sigo a donde sea —dijo.

Esto era una locura. Ella estaba trastornada. ¡Madeleine acababa de invitar a un vaquero de primer nivel a su habitación! Y ni siquiera podía culpar al alcohol. Bailar la mitad de la noche le bajó la borrachera casi por completo pero, en su defensa, estaba convencida de que era posible embriagarse con el encanto de un hombre. Con sus muchos, muchos encantos. Echó un rápido vistazo a los músculos de sus piernas, tensos bajo la mezclilla. Con razón pudo mantenerse por tanto tiempo en aquel toro mecánico. Y con más razón no sentía el menor vestigio de culpa por llevárselo a casa. Se mordió el labio. Esto sí que era entrar al rodeo.

El motel quedaba sólo a un par de kilómetros de distancia, pero con su acelerado pulso y nervios palpitantes, le pareció mucho más lejos. Hasta aquel momento odió el diseño del motel, en el que tenías que estacionarte justo frente a tu habitación. Ahora comprendía que era grandioso. Del auto a su puerta los separaban seis pasos. Mientras ella introducía la llave, él le besó la nuca, provocándole una ola de escalofríos. Se estremeció mientras se acercaba un poco hacia él. Era cálido y fuerte, y su aroma era delicioso. Aquella esencia sutil y masculina de su colonia era intoxicadora.

Cuando la cerradura cedió, ambos trastabillaron al interior. Ella cerró la puerta a sus espaldas, dejando caer sus llaves y su bolso al suelo sin el menor titubeo. Al voltear, él estaba ahí, y sus labios se buscaron con la ansiedad de quien no puede esperar ni un segundo más. Dos pasos hacia atrás y ella estaba contra la puerta, con las manos entre el cabello de él y sus lenguas enredadas.

¡Una locura!

Nunca hizo algo así en su vida. Era una chica que requería tres citas antes de permitirse cualquier contacto, y su estilo era la monogamia. Pero quizá porque nunca antes había besado a un guapo y musculoso vaquero. ¡Dios, se sentía increíble! Las manos de él bajaron hacia su cadera. La apretó suavemente, atrayéndola mientras besaba su cuello. Ella gimió de placer, inclinando la cabeza para darle un mejor acceso.

¿Por qué no hizo esto antes? Era la experiencia más desenfrenada y emocionante de su vida. Todos los días debían terminar así: ella besando a un delicioso extraño. Él se agachó, la tomó por la parte trasera de los muslos y la levantó. El movimiento no le implicó ningún esfuerzo, como si ella pesara menos que una maleta vacía. Cuatro pasos y estaban sobre la cama, el cálido cuerpo de él cubriéndola toda. ¡Dios, el hombre sí que sabía besar! Se rindió a sus labios, disfrutando cada sensación que se apoderaba de ella, cada movimiento de su lengua; amaba la caricia de su barba contra la piel.

Él se alejó por un instante y ella estuvo a punto de protestar, hasta que vio que tomaba el borde de su camisa. Sí, mucho mejor.

—Te vi desde que entraste al bar —dijo él, mientras sus dedos encontraban los pequeños botones de su blusa.

—¿De verdad? —preguntó Madeleine. Él asintió, abriendo la blusa y dejando al descubierto el sostén de encaje.

—No pude dejar de mirarte toda la noche —confirmó. Ella se estremeció, en parte por su mirada inquisitiva y en parte por el aire fresco que rozó su piel recién expuesta.

—Yo no sé cómo no te vi antes —dijo Madeleine. Debí estar medio ciega para no haberte notado.

—Un pequeño descuido —comentó él con una sonrisa tan provocadora como sus dedos tocando su pecho—. Debería sentirme ofendido, pero corregiste tu camino a tiempo.

Ella estuvo a punto de reír. Esto no era corregir su camino. Era volverse loca. ¡Ni siquiera sabía su nombre! Y lo extraño era que no le interesaba. Aquella noche era para divertirse. Una noche delirante, intensa, deleitable; algo que recordaría cuando fuera nuevamente ascendida y volviera a Nueva York, aproximadamente en un año.

—Veré qué puedo hacer para compensarte —dijo deslizando sus manos por sus músculos abdominales. Cuando él capturó su boca en otro beso, ella se deshizo de todos sus prejuicios acerca del pueblo, su quietud e incluso la cama de motel, que no era la ideal. Lo único que existía eran ellos dos y la increíble conexión que compartían, que le aceleraba el corazón y hacía que su mente diera vueltas enloquecidamente. Afortunadamente, él estaba preparado, y para cuando la envoltura del preservativo cayó al suelo, ella estaba lista para él.

Él se dejó caer sobre ella y ella no pudo evitar jadear contra sus labios. Perfección absoluta. Parecían hechos el uno para el otro, moviéndose al mismo ritmo cadencioso que habían compartido en la pista de baile, con sus húmedos cuerpos deslizándose uno contra el otro mientras el sonido de sus jadeos y los suaves gemidos de ella rompían el silencio de la habitación. No recordaba haberse sentido tan excitada por nadie nunca antes. Él la acerco al clímax una y otra vez, arrastrando magistralmente su placer hasta que ella se quebró, gritando apenas segundos antes de que él se estremeciera sobre ella y colapsara, tan satisfecho como ella.

Se quedaron tendidos uno junto al otro, tratando de recuperar el aliento mientras seguían disfrutando de sus cuerpos cálidos, y ella sólo podía pensar que aquella era una magnífica bienvenida al pueblo de Sunnybell.

Capítulo 4

—BUENOS DÍAS, SEÑORITA HARPER. Se le nota muy alegre esta mañana.

Madeleine mantuvo su agradable expresión neutral mientras intentaba suprimir el rubor que sentía comenzaba a colorearle las mejillas. Tenía muy buenas razones para sentirse alegre.

—Buenos días, señora McLeroy.

La recepcionista le sonrió mirándola por encima de sus lentes de lectura y dejó a un lado su tejido. Era una extraña mezcla de personajes: tenía el cabello como el de Dolly Parton, el rostro de la esposa de Santa Claus y un atuendo festivo que a Madeleine le recordó a su profesora de música del tercer grado. El estampado de su chaleco de esa mañana era de hojas otoñales y amistosos gatos.

—El señor Westerfield mencionó que le gustaría verla esta mañana, cuando se haya instalado —dijo, e inclinándose hacia ella agregó, en tono de complicidad—: pero no se preocupe, que ya le llevé su café y un par de panqués de plátano con nuez, así que está feliz como lombriz.

Madeleine tuvo que morderse el interior de la mejilla para no sonreír al escuchar la añeja frase. Quería establecer autoridad en su nuevo puesto y no tenía la menor intención de bromear con el personal. Desde su llegada, fue el ejemplo máximo de profesionalismo. La mujer era dulce, pero aún no parecía darse cuenta de que Madeleine pronto estaría controlando aquel lugar mientras que Westerfield pasaría sus días en algún campo de golf. Si es que había un campo de golf en aquel pueblo.

Madeleine le agradeció y se dirigió hacia su oficina, esquivando un montón de cubículos que parecían puestos al azar y mostrando una sonrisa agradable pero profesional. Deseó que su expresión disfrazara la alegría que sentía tras pasar una de las mejores noches de su vida. No había dormido mucho, pero se sentía llena de energía. Se despertó a las seis de la mañana con su alarma, y por un instante temió pasar por un momento incómodo con el vaquero, pero al abrir los ojos descubrió que él ya había desaparecido, cosa que la llenó de alivio. Nada de culpas, nada de arrepentimientos: satisfacción pura. Un perfecto encuentro de una sola noche.

—Buenos días, señorita Harper —la saludó Kelly Ann,

del departamento de ventas, mientras pasaba frente a ella. Los labios rosa brillante de la chica exhibían una sonrisa que hizo que Madeleine sospechara si ella sabía algo. ¿Lo sabe? No, imposible. Sólo es amistosa. Era absurdo leer las sutilezas en la expresión facial de una mujer que llevaba tantas capas de maquillaje a esas horas de la mañana.

—Buenos días —replicó Madeleine, sin alterar ni un ápice su máscara de profesionalismo.

—¿Pasó una buena noche? —preguntó Geraldine, la chica más joven, desde su escritorio. Parecía contener una sonrisa y pestañeaba, exagerando su inocencia. Eso hizo que Madeleine subiera aún más la guardia.

—Sí, y espero que tú también —dijo, deteniéndose para ver a la chica a los ojos. De acuerdo, quizá sólo estaba siendo demasiado sensible. Siempre la ponía paranoica la idea de que la gente a su alrededor detectara que la noche anterior... había tenido suerte. Entonces notó que el ambiente de la oficina se agitaba y que todas las cabezas se asomaban tras de los cubículos como avestruces curiosas.

¡Ay, no!

Caminó tan rápido como pudo sin que pareciera que corría o que escapaba, cosa que deseaba hacer con todas sus fuerzas. A ver, ¿qué tanto sabían? No vio a nadie la noche anterior, y fuera de la oficina, nadie del pueblo la conocía todavía. Ni siquiera el vaquero sabía su nombre. Empujó la puerta de su oficina, la cerró al entrar y se recargó en ella, intentando controlar su aprehensión. Cuando pudo volver a respirar, se apresuró a hundirse en su silla, tal y como su corazón se hundía hacia el fondo de su espalda. Un golpeteo en la puerta hizo que soltara un sonoro lamento, pero no podía ignorarlo.

—¡Adelante! —dijo, esforzándose por sonar tranquila y en control. Su asistente temporal, Laurie Beth, entró un segundo más tarde. Sus ojos verdes estaban muy abiertos y destellaban de curiosidad.

—¡Por Dios, querida!, ¡tienes que contármelo todo!

Madeleine tragó saliva y se distrajo buscando cosas en su escritorio.

—No sé a qué te refieres. ¿Tienes los expedientes de ventas que te pedí ayer?

Pero su asistente se negaba a cambiar de tema. Se dejó caer en la silla frente al escritorio y se inclinó hacia delante arqueando las cejas.

—¡No hay porqué ser tímida, preciosa!, ¡deberías sentirte orgullosa! No hay mujer en este pueblo que presuma de haber domado al Potro Callen; y en menos de una semana tú te lo echaste al saco.

¿El Potro qué? Madeleine la miró con la boca abierta, completamente horrorizada.

—¿De qué me estás hablando?

—Ay, sólo de que te llevaste a casa al soltero más codiciado de Sunnybell, después de una noche de bailar muy juntitos —replicó alegremente, moviendo sus largos rizos—. Todas las mujeres a cincuenta kilómetros a la redonda se han preguntado cómo sería cabalgar a Tanner, así que más vale que estés lista para darme detalles —declaró, sentándose al borde de su silla y esperando una descripción de cada escena.

—¿Tanner? ¿No dijiste "Callen"?

—Tanner Callen —exhaló Laurie Beth, ligeramente exasperada—, estrella de rodeo y ardiente como el mismísimo demonio. Vamos, señorita Harper, lo escuché de los labios de mi prima, y los rumores de Amber siempre son ciertos.

—¿Y todos saben que...? —preguntó Madeleine, sintiéndose a punto de vomitar—, ¿todos aquí ya saben que... que pasé una noche con él?

—¡Pero claro! —exclamó Laurie Beth mientras asentía enfáticamente—. En este pueblo no pasa nada, así que cuando algo pasa, se extiende más rápido que la mantequilla sobre el pan caliente.

¡Maravilloso!, ¡fantástico! Ahí estaba ella, haciendo lo imposible por ser la mejor representante corporativa, y en vez de eso se convertía en el hazmerreír del pueblo.

—¿Laurie Beth? —carraspeó, aferrándose a los últimos vestigios de su dignidad.

—¿Dígame?

—¿Te gusta trabajar para mí? —preguntó Madeleine, y cuando su asistente asintió alegremente, la miró directo a los ojos—. Entonces vamos a fingir que nunca tocaste este tema, pues la gente de este pueblo no tiene derecho a meterse en mi vida privada, ¿comprendido?

La sonrisa de Laurie Beth se desvaneció y tras unos segundos se incorporó y asintió.

—Por supuesto. Usted manda —, y se encogió de hombros amablemente, dejándole claro a Madeleine que no se sentía ofendida por su comentario tan directo. Pero por alguna razón Madeleine sospechó que, tanto ella como el pueblo sólo podrían fingir demencia: todo el mundo sabía lo que había sucedido y no había nada más que hacer.

Entonces sonó el teléfono, interrumpiendo los angustiosos pensamientos de Madeleine. Antes de contestar, se dirigió a Laurie Beth:

—Te llamaré si te necesito —tras lo cual esperó a que su asistente cerrara la puerta antes de decir—: Madeleine Harper.

—Muy buenos días, señorita Harper. Habla Eddie, de la agencia inmobiliaria. ¿Es un buen momento?

Madeleine estuvo a punto de soltar una amarga carcajada. Vaya, claro; era un buen momento, magnífico.

—Sí, dígame —replicó, decidida a no tener un colapso nervioso.

—Esta vez sí le tengo buenas noticias. La casa que alquiló al fin está lista. ¿Cuándo es un buen momento para entregarle las llaves?

¡Al fin! Por lo visto, los departamentos eran un concepto demasiado moderno para Sunnybell, así que se vio forzada a esperar hasta que una casa de alquiler estuviera libre. La noticia no pudo ser más oportuna. Era una excusa perfecta para huir, y se aferró a ella como si fuera un salvavidas.

—¿Sabe? Quédese donde está. Voy para allá.

El señor Westerfield, su trabajo y el resto de los murmuradores de los cubículos podrían esperar. Tenía una casa a la cual mudarse. Pasaría todo el fin de semana atrincherada ahí y quizá, si tenía mucha suerte, todo aquel asunto sería olvidado antes del lunes. Y tal vez también lloverían diamantes.

La vida en el circuito del rodeo no era glamurosa, pero ciertamente era más emocionante que la vida nueva de Tanner. Recorrer los pasillos de la tienda de materiales Harrison un sábado por la mañana, llevando entre las manos una detallada lista escrita por su abuela y doblemente verificada por el abuelo Jack, no era su idea de diversión. Pero se los prometió, y si querían que les llevara media docena de cubetas y una espátula de jardín, lo haría, lloviera, tronara o relampagueara. La verdad era que estaba dispuesto a hacer lo que fuera por ellos.

Cuando caminó rumbo al pasillo de las herramientas de jardín, se detuvo en seco con los ojos muy abiertos. Ante él estaba la señorita Nueva York, con el rubio cabello recogido en una breve coleta y sus largas piernas bajo unos shorts muy cortos de lunares verdes y blancos. Verla hizo que su pulso se acelerara. La noche que pasaron juntos fue muy buena para ser cierta y ahora no podía evitar que una sonrisa se apoderara lentamente de sus labios. No sabía por qué ella seguía en el pueblo, pero eso no era ningún problema para él, al contrario.

Deambuló hacia ella, que estaba analizando los rastrillos como si fueran una herramienta alienígena.

—Buenas tardes. ¿Comprando recuerdos?

Ella resopló, sorprendida, y volteó para mirarlo. Sus mejillas se colorearon de un bonito tono rosado mientras su mirada se encontraba con la suya.

—¿Recuerdos?

Él sonrió y levantó el rastrillo más cercano, girándolo entre sus manos un par de veces.

—No imagino que en las tiendas de Nueva York se vendan muchas herramientas de jardinería.

Como no vio su auto en el estacionamiento del motel aquella mañana, creyó que ya se había ido. No esperaba encontrarse con ella, pero al verla así, en shorts y sudadera que mostraba uno de sus hombros, se alegró de haberse equivocado. Ella entrecerró los ojos y eligió un rastrillo distinto.

—Puedes encontrar cualquier cosa en Nueva York —replicó, distante y concisa—. Y no, esto no es un recuerdo. Es una herramienta para mejorar el estado de mi jardín, muchas gracias.

¿Tu jardín? Tanner retrocedió cautelosamente.

—Entonces... ¿vas y vienes de la ciudad?

Ella soltó una risa que sonó como un gruñido .

—Sería bastante difícil ir y venir todos los días desde aquí, vaquero.

Él se paralizó. ¿De qué diablos estaba hablando? La inquietud lo hizo enderezar la columna mientras devolvía el rastrillo a su lugar.

—¿A qué te refieres con "aquí"? —musitó.

—Aquí —replicó ella, señalando vagamente a su alrededor. Después apoyó una mano sobre su cadera y lo miró con ojos acusadores—. Por cierto, ¿por qué diablos no me dijiste que eras una especie de celebridad local?

—¡Guau! —dijo él, mostrando las palmas de las manos—. No recuerdo que tú insistieras mucho en intercambiar biografías y currículos en la pista de baile. O entre las sábanas... Ni siquiera sé tu nombre.

Ella respiró profundo, tratando de controlar su temperamento. Forzó una sonrisa y le dio una mano.

—Hola, Tanner Callen, estrella de rodeo y chico consentido del pueblo. Soy Madeleine Harper, tu nueva vecina.

Capítulo 5

LAS MALDICIONES QUE RECORRIERON la mente de Tanner lo habrían hecho acreedor a unas cuantas bofetadas de su abuela. ¿Su romance de una noche fue con su vecina?

—¿Te estás mudando aquí? —preguntó atontado mientras la miraba con los ojos muy abiertos.

—Corrección: ya me mudé aquí. En pasado —replicó ella, no más complacida que él por la situación.

¿Cómo podía estar pasando esto? Ella manejaba un coche con placas de Nueva York. Se hospedaba en el motel local. ¡Diablos, incluso hablaba como una Kennedy! Tanner se mesó los cabellos, sintiendo que le habían tendido una trampa.

—¿Tú te quejas de que no te dije que fui un competidor del rodeo, pero a ti no te pareció pertinente decirme que estabas instalándote aquí?

—No salió en la conversación —dijo ella apenada y a la

defensiva. Se mordió el labio y apretó el mango del rastrillo hasta que la sangre abandonó sus nudillos.

—Bueno, pues mi antigua profesión tampoco salió a relucir—dijo él—, quizá porque ya está en el pasado. En cambio, tu mudanza a Sunnybell resulta mucho más relevante y actual.

—Tienes razón, lo es. ¿Sabes por qué? —preguntó Madeleine, arqueando las cejas y retándolo a contestar. Él supo que no debía caer en la provocación y esperó en silencio a que ella continuara, lo cual sucedió casi de inmediato—. Porque no quiero que todos mis colegas de trabajo me exijan saber cómo es llevarse a la cama al Potro Callen.

Tanner estuvo a punto de atragantarse. No había escuchado ese apodo en años. A su estúpido amigo Mack le había parecido gracioso llamarlo así en el rodeo, pero el maldito nombre se le quedó de alguna manera. Tendría que agradecerle a su querido amiguito.

—Puede que tú seas nueva aquí —dijo mientras la señalaba, y después dirigió su dedo a su propio pecho para agregar—: pero yo llevo toda mi vida intentando evitar que la gente murmure acerca de mí. Si hubiera sabido que llegabas para quedarte, no te habría dirigido la palabra.

—¡Qué lindo! —dijo ella con el ceño fruncido—. Lamentablemente, ninguno de los dos podemos regresar en el tiempo y borrar lo que pasó, así que sugiero que finjamos que aquella noche nunca sucedió.

—¿Discúlpame? —dijo Tanner, enderezando la columna mientras digería aquel comentario. La situación lo molestaba tanto como a ella, pero no quería ignorar lo que pasó entre ellos. Ahora ella actuaba como si no hubiera sido nada, cuando él seguía recordando cada minuto que habían compartido piel a piel.

—Fue un error —dijo ella, negando con la cabeza—, una estúpida decisión que quisiera no haber tomado. Como no puedo hacer nada al respecto, la mejor opción es olvidar que nos conocemos, en primer lugar.

Quizá dos minutos antes estuvo a punto de huir como un venado al vislumbrar a un cazador, ¿pero ahora? Tanner se plantó firmemente en el suelo. Por orgullo, no permitiría que ella negara que la noche que estuvieron juntos no fue una tormenta eléctrica. No habría permitido que las cosas llegaran tan lejos de saber que ella viviría ahí, pero ahora no estaba dispuesto a negarlo, y cuando su mente se enfocaba en algo, podía ser terriblemente necio.

—No creo que eso sea posible, además de que vamos a ser vecinos, ¿y sabes qué? A mí me educaron para ser un buen vecino —canturreó, dedicándole una sonrisa. Dio un paso hacia ella e intentó quitarle el rastrillo de las manos. Tomada por sorpresa, ella trastabilló. Él continuó con voz baja y seductora—: Así que, vecina, ¿qué opinas de que te ayude un poco? Puedo enseñarte cómo se usa este rastrillo.

La chispa volvió a surgir entre ellos, sorprendiéndolos con su intensidad. Los labios de ella se entreabrieron y su pecho comenzó a moverse rápidamente al ritmo de su respiración. En ese instante, él recordó cada beso, cada jadeo, cada suspiro de satisfacción que aquella noche. ¡Diablos! Debió irse en cuanto pudo porque, que Dios lo ayudara, ya era demasiado tarde.

En su defensa, Madeleine de verdad odiaba el trabajo de jardín. Estaba de pie en la pequeña cocina de su casa rentada, mordisqueándose el labio inferior mientras miraba a aquel hombre medio desnudo rastrillando su jardín con gran brío. No, no había defensa posible. La atrajo y la miró con sus ojos azules, retándola. Ella cedió casi de inmediato. Alzó la barbilla, haciéndose la digna, antes de decirle:

—Si disfrutas de hacer jardinería de manera gratuita, bienvenido.

Él replicó con una sonrisa, le arrebató el rastrillo y se dirigió a las cajas. Todo iba bien hasta que se quitó la camisa. ¿Por qué hacía tanto calor en ese maldito pueblo? ¡Ya era noviembre, por todos los cielos! Clima de suéteres y abrigos, de botas y cafés con leche sabor canela. Sólo Texas podía tener un día de noviembre tan cálido, que ella no podía dejar de transpirar.

Bueno, técnicamente el que transpiraba era él, causando que se quitara la camisa, lo cual provocó que ella comenzara a sentir mucho calor, pero a fin de cuentas todo era culpa del estúpido clima. Madeleine suspiró. Bueno, bueno, era culpa suya también. Debió ser lo suficientemente lista como para decirle que podía quedarse ese rastrillo, junto con sus sonrisitas sabihondas, pero de verdad odiaba el trabajo de jardín, y también estaban esos ojos azules... estaba atrapada en un círculo vicioso.

Él se detuvo un momento para limpiarse el sudor de la frente y ella hizo lo que cualquier buena amiga haría: tomó una foto rápida y se la envió a Aisha y Brianna. Los emoticonos babeantes que recibió a continuación hicieron que se riera en voz alta. Dejó su teléfono y se recargó sobre el marco de la ventana para mirar cómo él se agachaba para reunir un montón de basura y meterla en una bolsa. Era imposible ignorar que la luz del sol hacía brillar su piel, definiendo cada contorno.

Cuando Tanner se incorporó, la vio de reojo y la sorprendió mirándolo. Ella se sacudió y se alejó de la ventana, derramando la mitad de su bebida sobre su blusa. Maldijo y agarró el trapo de cocina para secarse lo mejor posible y limpiar el piso. Ella no era así. No perdía el tiempo admirando a tipos sin camisa ni solía tropezarse con sus propios pies como una colegiala torpe. Era una inteligente mujer de negocios que tomó lecciones de ballet por cinco años para aprender a moverse con gracia. Se negaba a perder aquello por un hombre que, por lo visto, estaba trabajando en su jardín para probar algo, por más raro que sonara.

Un golpeteo en la puerta de aluminio la hizo darse la vuelta y ver a Tanner de pie, al otro lado. Su perezosa sonrisa y brillantes ojos parecían saber todo lo que ella pensó durante la última hora, cosa que la puso inmediatamente a la defensiva. Caminó hacia la puerta, cruzando los brazos sobre la mancha húmeda de su blusa.

—¿Necesitas algo?

—Tengo mucha sed — dijo él, posando la palma de su mano sobre su abdomen plano. Era como si supiera que ese abdomen era su criptonita personal. Se obligó a mirarlo a los ojos.

—Pues tienes suerte —replicó alegremente, señalando la manguera—, hay un suministro inacabable de agua fresca y cristalina, sólo para ti.

Él no se movió, y la verdad era que parecía divertirse.

—A un hombre le vendría bien una cerveza bien fría en un día como este —comentó.

—Estoy totalmente de acuerdo —dijo ella, sonriéndole

de modo impersonal—, deberías pasar a un bar a tomarte una cerveza. Te la has ganado.

—No es lo que tenía en mente —canturreó él, levantándose un poco el sombrero con el pulgar. Un húmedo mechón de cabello le cayó por la frente.

—Ya lo sé, pero la vida a veces es muy decepcionante. Gracias por la ayuda. En verdad lo aprecio —dijo, y cerró la puerta.

Ahí estaba. ¿Acaso no podía resistírsele? Y podría manejar perfectamente las consecuencias del desliz en su imagen profesional. Cuando se sintiera flaquear, sólo tenía que recordar las miradas de todos sus colegas de la oficina el día anterior. No quería volver a sentirse así de mortificada nunca más, y mucho menos en su lugar de trabajo. Bajó la guardia por culpa de sus retadores ojos, pero ahora esperaba que haberlo rechazado pusiera punto final a cualquier cosa que pudiera pasar.

Dos horas más tarde terminó de limpiar hasta el último grasiento rincón de la cocina, hasta que caminar descalza por el linóleo de los años 70 no le pareció asqueroso. Le dolía la espalda, sus dedos estaban cansados y el aroma de cloro parecía haberse quedado en su nariz permanentemente. Se quitó los guantes de látex y los lanzó al fregadero, se incorporó y se estiró. Tendría que conformarse con limpiar una sola habitación aquel día.

De pronto, notó movimiento en el exterior. Se dirigía hacia la ventana cuando tuvo que frenar en seco, con la boca abierta. ¿Qué? Su jardín estaba inmaculado. Todos los hierbajos y desechos habían desaparecido y el césped estaba limpio, como si alguien lo hubiera cuidado durante los últimos cinco años. Pero... pensó que aquel trabajo tomaría días. Y estaba segura de que Tanner se iría después de que le cerró la puerta, pero se quedó y terminó el trabajo, ¿por qué?

Madeleine vio movimiento de nuevo y miró a la derecha. Su estómago dio un vuelco: su vaquero y héroe jardinero bebía agua de la manguera a grandes tragos, empapado en sudor y con apariencia exhausta. Volvió a mirar el césped impecable. No podía creer que hubiera trabajado tan duro, especialmente después del gélido trato que ella le había dado. Se lamentó en voz alta y su nariz se arrugó. ¡Diablos! Ahora tendría que reconciliarse con él. La idea hacía que su corazón bombeara más rápido. Inhaló profundamente, abrió la puerta y salió.

Capítulo 6

EL RUIDO DE LA PUERTA fue el más dulce que Tanner pudo haber imaginado. Era el sonido de la victoria, después de todo. Enjugándose el agua que le caía por la barbilla con el dorso de la mano, se enderezó y volteó, intentando no sonreír. Ahí estaba la señorita Madeleine Harper, con sus labios haciendo una mueca y los brazos cruzados sobre el pecho. Su coleta ya no estaba impecable: algunos mechones se habían soltado y le enmarcaban el rostro. Además, tenía algunas manchas en la frente, como si se hubiera limpiado el sudor con los dedos sucios, aunque desde donde él estaba, sus manos parecían perfectamente limpias.

Le gustaba cómo se veía. Así, parecía menos arrogante, aunque tuviera cara de pocos amigos. Cualquiera con un poco de sentido común habría empacado sus cosas y se habría largado después de que le cerraran la puerta en la cara, tanto literal como figurativamente, pero Tanner tenía dos razones para quedarse: el abuelo Jack le enseñó que un hombre terminaba lo que había comenzado, y sentía una perversa satisfacción quedándose ahí, a pesar de que ella esperaba que huyera.

Al ver que no hablaba, sacó su camiseta de la bolsa trasera de su pantalón y se la puso, dándole tiempo para formular lo que tenía en la punta de la lengua. Tras un momento, ella se aclaró la garganta e intentó una sonrisa poco convincente.

—No tenías por qué hacer todo este trabajo —dijo. Entonces, él no pudo evitar sonreír.

—¿Eso es un "gracias"? No hablo muy bien el dialecto neoyorquino, así que no sé.

No supo si ella estaba ocultando una mueca o una sonrisa. Finalmente suspiró.

—¡Gracias! —dijo al fin, con un suspiro—. Aunque nunca pedí tu ayuda, fue muy amable de tu parte ofrecerla.

Él se inclinó, recargando los brazos en el barandal de la escalera.

—La gente por aquí no tiene que pedir ayuda. Si vemos una necesidad, la atendemos.

—¿Y si "la gente" no quiere ser atendida? —cuestionó ella, y parecía estarlo retando con sus ojos cafés con destellos dorados. Él nunca habría imaginado que fuera tan necia, después de su primera noche juntos.

—No querer algo y no pedir algo son cosas muy distintas. Para mi modo de ver, si tú no hubieras querido, no me hubieras traído hasta acá —y se encogió de hombros, mirándola—, ¿o habrías preferido que te dejara el trabajo?

—Podía hacer sola —replicó ella, poniendo las manos en sus caderas—, lo habría hecho sin problema.

—Nadie dijo que no pudieras. Pero ésa no fue la pregunta —dijo él, soltando el barandal y caminando alrededor del jardín—. ¿Hubieras preferido que no viniera? —preguntó, arqueando una ceja y retándola a decir que no, retándola a mentir y decir que habría preferido que mantuviera su distancia. Porque habría sido una mentira, podía verlo en su mirada. Observó cómo ella tragaba saliva y negaba con la cabeza.

—No, no lo habría preferido. Aprecio todo el trabajo que hiciste —admitió. Sus palabras sonaron bastante rígidas, pero al parecer no era la clase de chica que se retractaba de algo, así que lo consideró una victoria. Sonrió mientras tomaba su sombrero del barandal y se lo ponía, inclinándolo hacia delante.

—A su servicio, señorita.

—Aunque tengo curiosidad —dijo ella, bajando un escalón—. Si no te gusta que hablen de ti, ¿por qué te arriesgaste a venir aquí?

La voz del abuelo Jack hizo eco en su cabeza. El orgullo

siempre antecede a una caída. No debió presentarse ahí, en especial después de lo que ella dijo acerca de sus colegas en el trabajo, pero su orgullo se interpuso. Irónicamente, el mismo orgullo le impidió confesarle aquello a Madeleine. En vez de eso, se encogió de hombros y señaló las dos únicas propiedades visibles desde su casa.

—La señora Winters fue a visitar a su hermana este mes y la señora White está tan ciega como un murciélago sordo. Yo diría que estamos a salvo por ahora.

—Ah, bueno, en ese caso, puedo ofrecerte algo de cenar. Como agradecimiento, claro.

Era una invitación indecisa, pero era una entrada. Ya la tenía. Sonrió sólo un poco, pero negó con la cabeza.

—No quisiera molestarte. Para empezar ni siquiera me pediste que viniera.

Ella bajó otro escalón.

—No, de verdad. Te lo ganaste, por todo ese trabajo tan duro.

Una suave brisa le alborotó los cabellos y ella se los apartó de la cara, impaciente. Él sabía que pasó la tarde trabajando, al igual que él. La vio a través de la ventana, moviéndose de aquí para allá.

—Tú también estuviste trabajando. No quiero que trabajes más por mi culpa.

Entonces ella sonrió genuinamente, desde la noche en que se conocieron.

—Créeme, no habría trabajo involucrado. Pizza congelada y refrescos, la cena de los campeones.

La sonrisa de él también era genuina.

—Suena bien. ¿Estás segura de que quieres que me quede?

Se mordió el labio por un instante y lo miró; sabía exactamente lo que él quería. Pretendía que ella dijera que quería que se quedara. Sí, la estaba provocando y resultaba divertido. Supo que, muy a su pesar, ella lo disfrutaba, incluso cuando puso los ojos en blanco.

—Sí.

—Sí ¿qué?

Ella arrugó la nariz y se llevó las manos a las caderas.

—Quiero que te quedes. Es lo menos que puedo hacer.

¡Victoria! Le dedicó una profunda inclinación de cabeza para aceptar graciosamente su invitación, y sonrió.

—Bueno, si insistes.

Mientras Madeleine lo guiaba a la pequeña y reluciente cocina, no dejaba de negar con la cabeza, sorprendida por haberlo invitado. No obstante, le parecía lo mínimo que podía hacer. Él también le hizo un enorme favor y ella tenía que ser justa y educada, a pesar de su vergüenza. Su estómago seguía dando vuelcos, lo cual no era una buena señal e intentó que desapareciera. Esta invitación era sólo para agradecerle por su trabajo, nada más y nada menos. Volteó y le señaló el fregadero de acero inoxidable recién pulido.

—Puedes lavarte las manos ahí, si quieres.

Él asintió y tomó algo de jabón, y mientras se lavaba, ella encendió el antiguo horno y sacó una de las pizzas congeladas que compró en una tienda de alimentos orgánicos en San Antonio el día anterior. Manejó por más de una hora para alejarse de las tiendas locales y asegurarse de que no se encontraría a nadie que la conociera. Lástima que no hizo lo mismo con la tienda de materiales. De haberlo hecho, no estaría en la cocina junto a Tanner, evitando notar todo el espacio que él dominaba en esa pequeña habitación.

—¿Quieres tomar algo? —le preguntó mientras dejaba la caja sobre la mesa—, tengo agua, leche y refresco de dieta.

Él se secó las manos con una toalla de papel y la miró.

—Es bueno saber que no estabas siendo innecesariamente cruel al negarme una cerveza hace rato —dijo guiñándole un ojo—. Un poco de agua con hielo está perfecto.

—Tengo agua de la llave, agua de la manguera, o agua embotellada tibia porque olvidé sacarla de mi cajuela. Nunca se me ocurrió que debía agregar hielo a mi lista de la compra de artículos esenciales —comentó. Nunca había tenido un refrigerador sin fábrica de hielos. Aunque, tampoco tuve nunca una cocina que fuera 99 por ciento de madera.

—¡Qué vida tan difícil! —bromeó él, sacudiendo la cabeza. Sonrió mientras señalaba el fregadero con la barbilla—. El agua de la llave está bien. Cuando has vivido una vida como la mía, aprendes a tomar lo que haya.

Al tirar la toalla de papel a la basura, alcanzó a ver la caja de la pizza.

—¡Un momento! Dijiste que tenías pizza congelada. ¿Qué demonios es esto? —preguntó mientras levantaba la caja y hacía una mueca horrorizada.

—Una pizza delgada de queso de cabra y espinaca. Está deliciosa —dijo ella, arrebatándole la caja—. Además, ¿no dijiste que aprendiste a tomar lo que había?

—Pero tengo mis límites. Déjame ver esa cosa. Quiero saber si está hecha de ramitas y granola —dijo, inclinándose hacia delante para quitarle la caja, que ella escondió detrás de su espalda, riendo.

—Está buena, te lo prometo. Tienes que probar cosas nuevas.

De pronto la tenía aprisionada contra la mesa. El corazón de Madeleine se aceleró al sentirlo tan cerca, y se quedó quieta. En los ojos de Tanner destellaba alegría, pero también otra cosa, algo que ella no quería nombrar pero que su cuerpo reconoció. Él se inclinó más, acercando su cara a la de ella. Su aroma a sol y sudor salado penetró en sus fosas nasales.

—Me encantan las cosas nuevas, pero eso no significa que coma un pedazo de cartón —dijo, su voz un poco ronca, como una lija, aunque su tono fuera ligero y juguetón. Ella tragó saliva y se hizo a un lado, alejándose lo suficiente como para respirar de nuevo.

—Bueno, pues mala suerte para ti, porque es lo único que tengo en la casa —dijo, sintiendo mariposas en el estómago. Inhaló lenta y profundamente para controlarse. Él se recargó en la mesa, sus ojos brillaban una vez más, retadores. Mientras la contemplaba por un instante, sonrió y ella se ordenó no ruborizarse bajo el poder de su mirada. Al fin él asintió, decidido.

—Toma tu bolso.

—¿Qué? —preguntó ella, parpadeando sorprendida de que le diera una orden.

—Que tomes tu bolso —repitió él, más persuasivo—, te voy a enseñar a qué sabe la comida de verdad.

Capítulo 7

PROBABLEMENTE TANNER se estaba metiendo en problemas. De acuerdo, no cabía duda de que estaba en problemas, pero en ese momento no le importaba. Había algo en ella lo hacía acallar su sentido común, ella le provocaba cierta impulsividad que él creía haber dejado atrás, junto con sus días en el rodeo, y por alguna razón no quería cuestionarlo. Madeleine, por su lado, parecía determinada a no ceder a sus impulsos. El momento en que ella puso el freno, congelando el calor que estaba ahí apenas unos segundos atrás, fue prácticamente tangible. Otra vez empezamos de cero, pensó él, desanimado.

—No voy a tomar mi bolsa —dijo ella, retrocediendo mientras negaba con la cabeza, decidida—, y definitivamente no voy a salir contigo, gracias.

Lo dijo como si él hubiera sugerido que nadaran desnudos en la fuente conmemorativa del pueblo a medio día. Se sintió ciertamente vulnerado, sobre todo después de todo el jugueteo que acababan de tener. Frunció el ceño y cruzó los brazos.

—¿Y por qué no?

—Creí que había sido clara al respecto, Tanner. No quiero nos vean juntos. Si no me hubieras convencido de trabajar gratis en el jardín, ni siquiera estaríamos aquí —replicó, e inhalando agitadamente mientras se acomodaba los cabellos sueltos que le caían sobre la cara, agregó—: Fue una estupidez de mi parte y no voy a empeorarla saliendo por ahí contigo.

Él apretó la mandíbula. Bueno, pues no había más que decir. Ahí estaba él, ofreciéndose a llevar a cenar a una mujer para la cual trabajó todo el día, y de pronto ella actuaba como si prefiriera convivir con un mapache. ¿Qué sucedió con la desconocida sensual y divertida con la que pasó la otra noche? La química seguía presente, de eso no cabía duda. Él notó el brillo de sus ojos, su respiración acelerada cuando la apoyó contra la mesa de la cocina. Sintió la tensión entre ellos, tan clara como la luz del día.

Ahora mientras lo miraba con la barbilla alzada y los hombros tensos había algo más en sus ojos. Si tuviera que adivinar, diría que era la imagen viva del arrepentimiento. Pero ¿de haberlo invitado ahora o de haberse enredado con él en primer lugar? Diablos, sin duda se creía demasiado para un tipo como él, con su coche elegante, sus prendas de diseñador y su educación universitaria privada. Lo único que ella pudo ver en él fue a un hombre en camiseta, un viejo pantalón de mezclilla y botas, sus favoritas por cierto, ensuciando su cocina mientras su viejo Chevy esperaba en el garaje.

Sacudió la cabeza, preguntándose porqué se acercó a ella aquella mañana cuando ella quiso evitarlo, claramente. El orgullo y los retos eran rasgos de personalidad peligrosos cuando se mezclaban.

—Gracias por la aclaración —dijo lentamente—, y mis disculpas por haberme impuesto. Puedes quedarte tranquila, no volveré a insistir.

Tras darle un toque a su sombrero, porque los modales estaban primero, dio la vuelta y se dirigió al exterior dejando que la puerta de mosquitero se azotara tras él. Se detuvo por un momento para recoger un par de bolsas de ramas del jardín, antes de rodear la casa camino a su vehículo. Lanzó las bolsas a la parte trasera antes de cerrar la puertecilla del camión con un buen golpe.

No estaba acostumbrado al rechazo. Les gustaba a las mujeres y las mujeres le gustaban a él, pero esto era más que una simple mujer rechazando sus atenciones. Madeleine era diferente. Había una chispa entre ellos que lo hacía perder la cabeza. Pasar tiempo con ella le daba la misma sensación de adrenalina y riesgo que antes le había provocado montar un caballo salvaje, sensación que extrañaba desde que abandonó el circuito. Pero aun así, se negaba a quedarse donde no era bienvenido.

Se dirigió a la puerta del conductor y la abrió bruscamente, ignorando el rechinido de las viejas bisagras. El camión fue de su padre y él amaba aquel montón de chatarra. Además, tras todos sus años en el rodeo, se identificaba con todos los pequeños lamentos y crujidos que producía el viejo camión. Estaba por cerrar la puerta cuando escuchó su nombre y se quedó helado. Alzando la mirada, vio que Madeleine corría hacia él, con su coleta balanceándose de un lado al otro. Entrecerró los ojos pero se quedó donde estaba. ¿Ahora qué? Apoyó los codos sobre la ventanilla abierta y esperó a que ella llegara.

—Me porté fatal —jadeó, sin aliento, desde el otro lado de la puerta. Se detuvo para respirar un poco antes de mirarlo directamente a los ojos—. No eres tú. Me siento... no sé, me preocupa mucho mi reputación aquí.

—Ah, el clásico "no eres tú, soy yo" —gruñó él con una ceja levantada.

—Hablo en serio —dijo ella, dando un paso más hacia él y poniendo una mano junto a su codo—. Me caes bien y siento mucho si fui ingrata o grosera, sólo que fue terrible toparme con que mis colegas indagaban en mi vida personal. La fusión de la compañía es lo más importante que le

ha pasado a mi carrera y no quiero echarlo a la basura, perdiendo el respeto de mis compañeros de trabajo.

Tanner estuvo a punto de hacer otro comentario inge-
nioso, pero se contuvo. Ir tras él requirió mucho esfuerzo y
realmente no podía culparla por no querer ser la burla del
pueblo. Él pasó mucho tiempo evitando serlo.

—La gente no dejará de respetarte por hacer amigos,
Madeleine.

—¿Eso es lo que somos? —preguntó ella con una sonrisa
irónica—. Necesito que la gente me tome en serio, y no lo
lograré si me involucro con el galán del pueblo. No voy a
darle más razones a tu club de fans para odiarme.

—¿Galán? Supongo que lo tomaré como un cumplido
—rio él.

—¡Por favor! —dijo ella, poniendo los ojos en blanco—,
como si no supieras lo que las mujeres del pueblo piensan
de ti.

—Me interesa mucho más saber lo que tú piensas de mí
—replicó él en tono ligero, aunque hablaba en serio—, pero
más allá de eso, señorita Harper, tú ya sacaste tus propias
conclusiones.

—¿Acerca de qué? —quiso saber ella.

—Asumiste que yo ignoraría que prefieres estar al mar-
gen de los rumores, pero entiendo que no quieras llamar la
atención y lo respeto.

—Pero me pediste que saliéramos a comer juntos. ¿Cómo podía interpretarlo? No hay más que dos restaurantes en todo este pueblo. Sería imposible que no nos vieran.

—Ahí está, ¿ves? Justo en eso te equivocas —dijo él, imprimiéndole a sus palabras un dejo de misterio. Cerró la puerta y le dirigió una sonrisa desafiante, señalando el asiento del copiloto—. Súbete.

—No tengo mi bolsa —dijo ella, poco convencida, aunque él notó que había despertado su interés—, o mi teléfono, para el caso. ¿A dónde quieres ir?

Él encendió el motor y el vehículo comenzó a vibrar.

—No necesitas llevar nada. Sólo tienes que confiar en mí.

Por alguna razón, era importante que ella le tuviera un poco de fe. Si no, sabría que ella no creía que él era un hombre de palabra. Ella se quedó plantada en su lugar por unos cuantos segundos. Él contuvo el aliento, esperando que ella subiera pero, sobre todo, deseando que quisiera ir. Al fin le lanzó una sonrisa aventurera que a él le atravesó el pecho como una flecha. Rodeó el camión y se subió al asiento del copiloto.

—Muy bien, vaquero. Confiaré en ti. No hagas que me arrepienta.

La sensación de triunfo y excitación le calentaron la sangre mientras le replicaba con una alegre sonrisa y una leve inclinación de su sombrero.

—Sí, señorita. Tiene usted mi palabra.

Capítulo 8

LO QUE LA CONVENCIÓ fueron las bolsas. Decidió romper toda relación con él hasta el instante en que lo vio detenerse en el jardín para levantar el resto de las bolsas de basura y sacarlas de su propiedad. ¿Quién hace eso tras ser rechazado inequívocamente? Se sintió fatal, como una desgraciada ingrata. Trabajó en aquel jardín todo el día, e incluso tras ser rechazado cumplió con su compromiso de ayudarla hasta el final. Su conciencia no le permitiría dejar así las cosas.

Una disculpa era una cosa, pero subirse a camión sin su bolsa y su teléfono era algo totalmente distinto. No solía ser impulsiva o aventurera: *lento pero seguro*, era su lema. Pero aquí estaba ahora, tambaleándose por el irregular terreno sobre un camión más viejo que su diploma del jardín de niños, y confiándole a un hombre casi desconocido no sólo su reputación, sino su seguridad.

Apretó los labios, manteniendo la mirada en el rústico paisaje que los rodeaba. Aunque todavía no se arrepentía, no podía dejar de preguntarse por qué lo hizo. ¿La franqueza en sus ojos? ¿Aquella perezosa sonrisa? Quizá se volvió idiota tras ver su torso desnudo y no había vuelto a la normalidad. Fuera lo que fuera, ni siquiera lograba sentirse apesadumbrada. La verdad era que sí confiaba en él, por más ilógico que sonara. A pesar de sus coqueteos y bromas, era un buen tipo. Tenía un camión lleno de bolsas de basura y la devoción de un pueblo entero para probarlo.

Comenzaron a subir una pequeña cuesta y ella vislumbró la silueta de una cabaña en la cumbre. En la terraza había un par de mecedoras y un barril del que asomaban flores frescas. A través de los cristales se apreciaban las cortinas blancas con rojo y había un par de coloridos molinos de viento girando en el jardín. El ánimo dulce y alegre del lugar la hizo sonreír. Más allá de la entrada había un pintoresco granero rojo con un potrero circular de un lado y terreno para pastar hasta donde alcanzaba la mirada. El ganado masticaba los arbustos tranquilamente. El lugar parecía detenido en el tiempo, como si lo hubieran construido hace cinco años o cien años.

Tanner bajó la velocidad y giró hacia la calzada, y ella no pudo evitar mirarlo, sorprendida. Él captó la duda en su mirada y sonrió.

—Bienvenido a Casa Callen.

—¿Vives aquí? —exclamó. No quiso sonar incrédula, pero el lugar parecía tan... hogareño. Se imaginó a una dulce viejecita cocinando pasteles de manzana en la cocina mientras su esposo arreglaba el jardín.

—Vivo aquí —confirmó él, apagando el coche. Sin el sonido del motor, y aun con las ventanas abiertas, el silencio era impresionante. Habían manejado al menos cinco minutos desde la última propiedad. Una sonrisa brotó de los labios de Madeleine mientras miraba la naturaleza que los rodeaba.

—Con razón no te preocupaba el qué dirán —dijo. Él soltó una carcajada.

—Bueno, las vacas pueden ser un poco curiosas, pero fuera de eso podrías correr desnuda por varios kilómetros y nadie se enteraría jamás —dijo, y lanzándole una mueca traviesa, agregó—: Así que adelante, eres libre.

—Estoy bien, gracias —dijo ella, poniendo los ojos en blanco juguetonamente. Normalmente habría odiado encontrarse tan lejos de la civilización, pero era emocionante estar ahí a solas con Tanner. Tragó saliva, acallando sus pensamientos. Estaba ahí para cenar, nada más, sin importar lo sexy que aquel hombre fuera. No podía involucrarse con él, y finalmente hasta su estómago tendría que recordarlo. Al menos, eso esperaba.

—Ven, te mostraré el lugar —se desabrochó el cinturón de seguridad para, a continuación, bajar del camión de un salto. Para cuando ella logró desabrocharse, él ya estaba a su lado para abrirle la puerta.

—Cuidado —le indicó—, de ese lado el suelo es más resbaloso.

Ella apoyó las manos en sus hombros y permitió que la levantara. La bajó muy cerca de él y por un momento pensó (¿o deseó?) que le robaría un beso. Recordar sus manos contra su piel desnuda en aquel motel hicieron que le costara trabajo respirar y desvió la mirada, temiendo que él notara el destello de atracción en sus ojos. Afortunadamente, él era un perfecto caballero. Retrocedió y señaló la casa.

—Después de ti.

Caminaron por el camino empedrado antes de subir los cuatro escalones hasta la puerta principal. Ella esperó a que él sacara unas llaves para abrir la puerta, pero simplemente giró la manija. Ella negó con la cabeza. Incluso a mil kilómetros de la civilización, ella cerraría sus puertas. Era un hábito como lavarse los dientes o ponerse el cinturón de seguridad.

—¿Has vivido aquí mucho tiempo? —le preguntó mientras lo seguía al interior. La casa era pequeña para los estándares de Texas, pero muy acogedora, con muebles de aspecto confortable y paredes blancas. Las únicas decoraciones eran caballos de madera tallada y algunos cuadros al óleo sorprendentemente lindos.

—Era la casa de mis padres cuando se casaron. Mi mamá me la vendió antes de mudarse a Austin, hace unos años.

—Ah, entonces creciste aquí —dijo ella, mirando a su alrededor con interés renovado. No era difícil imaginar a un par de piececillos corriendo por los suelos de madera de pino. La boca de él se tensó ligeramente y negó con la cabeza.

—No realmente. Es una larga historia —dijo con un gesto—, ven, la cocina está por aquí.

Aquello sólo disparó su curiosidad, pero no dijo nada más mientras lo seguía hacia la parte trasera de la casa, que era sorprendentemente moderna. Los gabinetes estaban hechos de la misma cálida madera que el resto de la casa, pero los electrodomésticos de acero inoxidable y las cubiertas de granito le aportaban un elemento de elegancia que no pudo sino admirar.

—Tengo tanta hambre que me podría comer un caballo, ¿tú? —preguntó él mientras abría el refrigerador y sacaba un par de filetes tan grandes que cada uno llenaría un plato. Mientras hurgaba en el cajón de verduras, ella se mordió un labio.

—También, pero quizá debí decirte antes que soy vegetariana —dijo, y esperó el inevitable comentario burlón o la mirada de desprecio. A juzgar por su entorno, seguro él comía carne desde bebé. Pero, para su sorpresa, él simplemente devolvió uno de los filetes al refrigerador y sacó un montón de champiñones, pimientos y calabacines. Tanner se detuvo al mirar la expresión de sorpresa en la cara de Madeleine.

—Cada persona tiene sus preferencias —dijo con una pequeña sonrisa—, si a ti no te molestan las mías, a mí no me molestan las tuyas.

Ella parpadeó. Bueno, pues qué bien. En general, la gente siempre está lista para opinar respecto a su decisión de no comer carne. Así que su respuesta fue agradable, sumamente interesante.

—Además —agregó, mirándola de arriba abajo—, lo que estás haciendo, te funciona muy bien.

Su guiño travieso la hizo reír y despertó de nuevo a las mariposas de su estómago. Negó con la cabeza y se acercó a lavarse las manos, intentando ignorar el efecto que tenía en ella.

—¿Dónde está la tabla para picar? —preguntó casualmente, como si no acabara de ruborizarse como una colegiala.

—Yo me encargo —dijo él, pasando detrás de ella y haciéndola estremecer aunque ni siquiera la tocó. Tomó una copa de una repisa alta y se la dio a Madeleine—, tú ve a sentarte y toma un poco de vino.

Ella iba a protestar, pero después se arrepintió. Tras dos días de limpiar y desempacar, no discutiría la sugerencia. Secándose las manos con un trapo, giró para ponerse frente a frente y le sonrió.

—¿Estás seguro?

—Querida —dijo él, inclinándose lo justo para acelerarle el pulso—, por mí, puedes estar segura de tres cosas: siempre digo la verdad, nunca rechazo un desafío y siempre digo lo que pienso.

Alzó la copa, sus ojos azules destellaban. Tanto en su mirada como en su voz, había una promesa que no tenía nada que ver con vino ni con la cena. Ella alzó la barbilla, tomó la copa de entre sus dedos y sonrió.

—En ese caso, ¿me servirás tinto o blanco?

Él rio y sacudió la cabeza.

—Qué, ¿no te has dado cuenta? Aquí, las damas siempre eligen.

Para cuando la cena estuvo lista, Madeleine se encontraba relajada y feliz. Ningún hombre había cocinado para ella antes. Donde ella vivía, uno tenía que elegir entre salir o pedir comida, pues el tamaño de su cocina hacía que fuera difícil intentarlo. Mirar cómo Tanner cocinaba era una experiencia muy agradable. Le gustaba ver la fluidez de sus movimientos mientras picaba las verduras, preparaba la ensalada y mantenía su atención en la parrilla. No estaba montando un espectáculo: claramente disfrutaba cocinar. Incluso lo extrañó cuando se ausentó para darse la ducha más rápida del mundo, reapareciendo en menos de cinco minutos con el cabello húmedo y revuelto, justo a tiempo para voltear su filete.

Mientras se sentaban en la mesa ovalada de la terraza trasera, ambos del mismo lado para apreciar el paisaje, Madeleine elogió la comida.

—Nunca pensé que tendrías tiempo para cocinar siendo una estrella de rodeo —dijo antes de probar el primer bocado de papas al horno. Estuvo a punto de gemir de placer al probar aquella delicia con mantequilla y queso. Valía hasta el último carbohidrato. Él negó con la cabeza mientras comía ensalada y bebía un trago de cerveza.

—No tenía, pero mi abuela se aseguró de que yo supiera cocinar, incluso antes de que aprendiera a manejar. Le estoy agradecido, porque comer afuera puede ser aburrido, y además, viviendo tan lejos de todo, se convierte en una molestia. Por suerte para mí, me encanta cocinar.

Ella saboreó una rebanada del calabacín perfectamente rostizado antes de murmurar:

—Por suerte para mí también.

Eso lo hizo sonreír, y ella sonrió también. La suave brisa vespertina le removía el cabello mientras que el sol, al ponerse, hacía que sus ojos brillaran. Parecía un modelo recién salido de alguna revista de estilo de vida en el Oeste. De verdad, el tipo era ridículamente guapo. Y la tarde era demasiado íntima, los dos sonriéndose en su jardín, rodeados de naturaleza y ganado, solos en varios kilómetros a la redonda. De pronto se sintió cohibida y miró su plato. Buscó en su mente algún tema de conversación mientras intentaba cazar un tomatito con su tenedor.

—Entonces, ¿ahora trabajas aquí? Digo, ahora que ya no eres una estrella de rodeo, si los rumores de la oficina son correctos.

Alzó la mirada justo a tiempo para mirar su sonrisa torcida de niño.

—¿Cómo que "ya no soy"? Ser un campeón de rodeo es como ser un maratonista: una vez que ganaste la medalla, el título es tuyo para siempre.

Era claro que bromeaba, así que Madeleine le sonrió de nuevo.

—Oh, una disculpa. Entonces ¿el campeón retirado duerme sobre sus laureles?

—No. Paso la mayoría de mis días ayudando en el rancho de mi abuelo. Puedes ver dónde comienza la propiedad, justo más allá de aquella colina —y alzó la barbilla hacia el atardecer, donde un sendero desaparecía rumbo a una cuesta. Antes no había notado que el alambre de púas dividía el terreno en aquel sitio. Ella frunció el ceño.

—¿Caminas al trabajo? —preguntó Madeleine con el ceño fruncido. Le parecía que todo el mundo en Texas conducía a todas partes, incluyendo al buzón. Él negó con la cabeza, divertido.

—Galopo al trabajo. Si tuviera que caminar, me llevaría la mitad del día.

—¿Montas a caballo? —preguntó ella incrédula. ¿La gente hacía eso, de verdad? ¿fuera de las pantallas de cine? Le parecía la forma más efectiva de romperse el cuello. Eso hizo que él riera a carcajadas.

—Sí, monto a caballo. Si intentara montar el ganado me dejaría tumbado en el suelo. Ésa es justo la vida que dejé atrás —agregó con una ligera sonrisa.

—Bueno, ¿cómo iba a saberlo? —reclamó ella, arrugando la nariz—, no es el viejo Oeste. La gente ahora usa coches y bicicletas. Sabes que el hombre ha caminado sobre la luna, ¿no?

—¿En serio? —preguntó, fingiendo sorprenderse—, ¡guau!, ¿qué se les ocurrirá después?

Ahora ella fue la que rio. Le gustaba que él no se tomara las cosas demasiado en serio.

—Rascacielos, taxis, comida china hasta la puerta de tu casa.

—¡No me digas! —canturreó él antes de comer un bocado de su filete—, cuéntame más.

Ella se recargó en su silla y suspiró. Extrañaba mucho la ciudad. Tan sólo pensar en el lugar al que llamaba "hogar" hacía que le doliera el corazón.

—¿Has estado en Nueva York alguna vez? —preguntó. El negó con la cabeza—. Pues eso es un pecado. Es especialmente hermoso en este tiempo del año, con los árboles coloreados de rojo justo antes del invierno. Y también el cielo nunca es más azul que en el otoño. Hay tanta vida latiendo ahí. Tanto ruido, tanto bullicio... En la ciudad, nunca estás solo.

—Por eso justamente es que nunca he ido —replicó él arqueando una ceja—, están apretados como sardinas enlatadas. Prefiero los espacios abiertos y la soledad, por mucho.

Su respuesta no la sorprendió, pero le parecía injusta. Se acercó a él, deseando que él abriera su mente y la escuchara.

—Sólo lo ves así porque nunca has ido, nunca le has dado una oportunidad. Hay tanta cultura... Tantos restaurantes increíbles, y pequeñas tiendas de curiosidades. Si no puedes encontrar algo en Nueva York, es porque no existe.

—¿Qué tal paz y tranquilidad?

Ella puso los ojos en blanco.

—Bueno, quizá debí decir "si no encuentras algo en Nueva York, es que no lo necesitas".

—Sin embargo, tuviste que venir hasta Texas para tener una cita —dijo él, y cuando ella le propinó una palmada, rio. Madeleine negó con la cabeza mientras intentaba no sonreír.

—Muy gracioso. Y esto no es una cita.

—Claro que no —dijo él, su voz tan sedosa como una caricia. Madeleine se preguntó si para él aquello era una cita, aunque no lo llamara así. Era muy extraño estar sentada junto a un hombre que conocía su cuerpo, y fingir que no lo deseaba con todas sus fuerzas. No quería desearlo. Ni siquiera planeaba estar ahí. Sólo vino porque se sintió culpable por tratarlo mal... ¿o no? Volvió a suspirar, negándose a admitir otra cosa.

Él se acercó a ella y le pasó un dedo por la barbilla, ella tuvo que dejar de masticar.

—Entonces —dijo él a modo de explicación antes de volver a recargarse en su silla—, si todo lo que necesitas está en Nueva York, ¿por qué estás en mi terraza en Sunnybell?

—Para llegar a un objetivo —replicó Madeleine, recuperándose de su breve contacto. Tomó un sorbo de vino antes de continuar—. He trabajado en la misma compañía durante cinco años, ascendiendo poco a poco, y de pronto, hace seis semanas mi jefe inmediato renunció abruptamente. Ya habíamos trabajado en la fusión durante meses, y el director de la compañía me mandó llamar a su suntuosa oficina y me ofreció el puesto de Marcus —explicó, maravillándose de nuevo por su buena suerte—. Nunca había aceptado algo tan rápidamente. En un momento estaba haciendo cálculos e investigación, y al siguiente empacando para mudarme a la mitad de la nada en Texas.

—¿Renunciaste a la ciudad que amas y a todos tus amigos por tu carrera? —preguntó él, realmente sorprendido—, corrígeme si estoy mal, pero me parece que extrañas tu hogar como un potrillo extraña a su mamá.

—No renuncié a ellos a largo plazo —replicó ella mientras se enderezaba, sintiéndose a la defensiva—. Sólo estaré aquí por un año, dos, máximo, y después me transferirán. La corporación sólo necesita que alguien esté aquí durante la transición y la reestructuración.

Él asintió lentamente, dejando su tenedor a un lado.

—¿Y qué es lo que haces, exactamente?

—Soy la gerente de la división de adquisiciones más joven en la historia de Calvin. Mi trabajo es asegurarme de que las cosas fluyan correctamente durante las fusiones.

Él soltó un silbido.

—¡Guau!, suena muy sofisticado. No me extraña que te preocupe tanto ganarte el respeto de tus colegas. Me imagino que estás bajo la mira, y más siendo la más joven...

Eso era un eufemismo. Sólo hablar de eso hacía que sus hombros se tensaran. Tenía mucho que probar con este proyecto. Normalmente, no la habrían ascendido sin que pasara por un largo proceso de selección, pero Marcus se fue de pronto, dejándolos varados, y ella conocía mejor que nadie el proyecto. Tenía que ofrecer su mejor desempeño, pues su trabajo no sería permanente hasta que transcurriera el periodo de prueba de tres meses. El departamento legal se encargaba de los detalles de la fusión en sí, pero a ella le tocaba asegurarse que la transición fluyera sin contratiempos.

—Nada que no pueda manejar —dijo ella, alzando la barbilla y sonriendo.

—No lo dudo. Así que, ¿cómo es un día cualquiera para una gerente de división de adquisiciones?

—Nada muy emocionante —dijo ella con un gesto—, superviso la unión de las compañías mientras me aseguro de que Calvin no pierda rentabilidad en el proceso. Hago muchas llamadas y mucho papeleo.

—Pero, ¿y los viajes en avión privado para exhibir los productos de la compañía?

—¡No, por Dios! —dijo ella, estremeciéndose—, odio volar. Lo hago si es necesario, pero prefiero mil veces manejar.

Por eso compró su coche antes de dejar Nueva York. Prefería manejar por horas que estar encerrada en un tubo de metal y ser lanzada por los aires sin tener ningún control. Él la miró, con el rostro lleno de incredulidad.

—¿Trabajas en una compañía de aviación y odias volar? ¡Qué interesante!

—Es una carrera práctica que combina con mis estudios —replicó ella, encogiéndose de hombros—, y estoy segura de que llegaré a la cumbre de la corporación tarde o temprano.

Tenía claros sus objetivos desde joven: ser buena en el colegio, elegir una carrera sensata con muchas oportunidades para crecer, y eventualmente retirarse a una linda casa. Dirigiéndose a él, Madeleine preguntó:

—¿Y qué hay de ti? ¿Cuál es tu título?

Por alguna razón, su manera de formular la pregunta hizo reír a Tanner. Engulló otro trozo de filete y sonrió.

—Limpiador de establos, transportador de heno, encargado de compras, negociador, gerente emergente. Si hay que algo que hacer, yo soy el que lo hace, básicamente.

—Eso es mucha responsabilidad —dijo ella, raspando la cáscara de la papa para extraer los últimos trozos—, ¿y ése es el rancho de tu abuelo?

—Sí —replicó, y sus ojos azules se llenaron de un orgullo que bordeaba el desafío—. El abuelo Jack sufrió un ataque cardiaco hace unos meses, así que hago lo que puedo por aligerarle el trabajo. El viejo intentó alejarme del rodeo por años. Ojalá me hubiera dado cuenta antes de hasta donde estaba dispuesto a llegar para convencerme —dijo, guiñándole un ojo mientras bromeaba, pero mostrando preocupación real detrás de su sonrisa. Aquello la conmovió.

—¿Dejaste tu carrera en el rodeo por él? —preguntó. Por alguna razón creyó que Tanner era un tipo que hacía lo que se le antojaba, sin preocuparse por nada ni nadie, pero claramente lo había subestimado.

—Sí. Dejaría cualquier cosa por ese hombre. Le debo mi vida.

Ella parpadeó ante la solemnidad de su declaración.

—Ah —dijo, y levantó su copa, aunque no bebió. Giró el tallo de cristal entre los dedos, considerando la situación. Le era difícil imaginar sentir la devoción que ahora se reflejaba en los ojos de Tanner. Ella amaba a sus padres, claro, pero tenían sus propias vidas. La idea de abandonar todo para estar a su disposición le era tan ajena, que no lograba siquiera comprenderla. Además, ellos jamás se lo pedirían.

La curiosidad le hacía cosquillas. No quería entrometerse, pero... la verdad, sí quería enterarse. ¿Qué hizo su abuelo para inspirar tal dedicación? ¿Cómo salvó la vida de Tanner?

—¿Estamos hablando de los padres de tu mamá? —preguntó, intentando sonar despreocupada. Él negó con la cabeza.

—Los padres de mi papá —replicó, mientras cortaba otro trozo de filete. No quería profundizar en el tema, pero ella no lograba apagar su curiosidad.

—¡Ah! Y tu papá, ¿a qué se dedica?

Entonces Tanner alzó la mirada y ella supo lo que iba a decir.

—Está muerto. Murió cuando yo tenía nueve años.

—Lo lamento mucho —dijo ella, sintiendo que el corazón se le hundía dentro del pecho. Estiró el brazo para poner su mano sobre la de él. Su piel estaba tibia. Él no se apartó y ella permitió que el contacto continuara.

—Fue hace mucho —dijo él. Madeleine logró permanecer en silencio por diez segundos, después, el suspenso la hizo preguntar:

—¿Qué sucedió? Seguramente era muy joven.

—Tenía 28 años —confirmó él. Dejó el tenedor sobre su plato, se cruzó de brazos y giró para mirarla directo a los ojos—. Se rompió el cuello.

—¡Qué horrible! —exclamó ella, llevándose la mano a la boca y sufriendo por el pequeño niño que perdió a su padre a tan temprana edad, de una manera tan espantosa—. ¿Cómo fue?

La brisa le removió a Tanner el cabello y levantó una mano para apartarlo de la sienes. Sus hermosos ojos parecían temblar mientras levantaba un hombro.

—Un accidente estúpido —dijo al fin, negando con la cabeza.

—¿Automovilístico?

—No —y soltó un suspiro—, estaba montando su yegua, ésta se espantó y lo tiró. Cayó mal y lamentablemente eso fue todo.

Capítulo 9

A TANNER LE HABRÍA GUSTADO que ella olvidara el tema. Apretó los labios mientras observaba su reacción. Siempre pasaba lo mismo: los ojos abiertos, la sorpresa, el instante de comprensión. Para cuando ella llegó a la última etapa, él ya se había preparado para el diálogo que vendría.

—¿Y cómo demonios volviste a subir a un caballo?, y no sólo eso, ¿cómo pudiste dedicarte a una carrera en la que es normal que un caballo te tire todo el tiempo?

Aunque esperaba aquel cuestionamiento, se sintió completamente decepcionado al escucharla. ¿Por qué la gente se creía con la autoridad de criticarlo y juzgar sus decisiones? Tanner alejó su plato y le dio un trago a su cerveza.

—Decidí tomar al toro por los cuernos. Si hubiera dejado de montar, habría abandonado algo que amo —dijo, y al verla, supo que ella no comprendía en absoluto su razonamiento.

—Sí, pero no montas caballos bien entrenados. Te pones en peligro al cabalgar animales que lo único que quieren es lanzarte por los aires.

—El punto es justamente no permitir que te lancen por los aires —replicó secamente antes de darle un trago a su cerveza. ¿De verdad Madeleine creía que nunca antes había escuchado aquel sermón? Ella negó con la cabeza y dejó su copa sobre la mesa.

—No puedo creer que te importe tan poco tu bienestar. Si yo fuera tú, no me habría acercado a un caballo jamás.

—¿Si alguien a quien amaras muriera en un accidente de auto, dejarías de conducir?

—No es lo mismo en absoluto —dijo ella haciendo un gesto—, conducir es una necesidad en la sociedad en la que vivimos. Cabalgar un caballo salvaje no lo es.

—Tal vez no para ti —resopló él—, pero yo me niego a vivir con miedo. Nada me hace sentir más vivo que cuando tomo un riesgo. Así que, para mí, cabalgar un "caballo salvaje" sí es una necesidad.

—Es una locura —exclamó ella, poniéndose de pie—, no deberías arriesgar tu vida para sentirte vivo.

Él también se puso de pie y caminó, alterado, hacia el barandal.

—¿Cómo lo sabes? Tu vida es tan aburrida que no te importa dejarla para seguir un trabajo que ni siquiera te importa.

—Mi carrera sí me importa —replicó ella, indignada—, y por eso estoy dispuesta a hacer sacrificios para avanzar en ella. Planeo vivir una vida larga y productiva, que es más de lo que se puede decir de ti.

—¿De verdad? Tu trabajo te aburre tanto, que ni siquiera quieres hablar de él. ¿Dónde está la pasión en eso?

Ella frunció el ceño mientras su mirada dorada se ensombrecía.

—¡Ay, por favor! ¿Quién ama en verdad su trabajo? Es una manera para lograr un objetivo. Yo quiero tener éxito en el mundo de los negocios, ser respetada, y retirarme con suficiente dinero para vivir una buena vida el resto de mis días.

¿Estaba hablando de su retiro? ¡Ni siquiera aparentaba tener treinta años! Tanner dejó su botella sobre el barandal y estiró los brazos.

—¿Y qué hay de vivir una buena vida ahora mismo?

Ella puso los ojos en blanco.

—Obviamente, pero uno tiene que planear para el futuro. Somos adultos, aunque no nos guste. No puedes perseguir tu pasión sin considerar lo que pasará el resto de tu vida.

Él suspiró.

—Tienes el resto de tu vida para preocuparte por el resto de tu vida. Y además, ¿por qué te importa tanto cómo viva mi vida? Al menos yo vivo intensamente, no sólo existo hasta llegar a la vejez y retirarme.

—Claro, porque no tienes la perspectiva suficiente para pensar en el retiro. Tendrás suerte si llegas siquiera a viejo.

—Bueno, pues muchas gracias por el voto de confianza, señorita optimista —dijo él, con evidente sarcasmo—. Prefiero irme a la tumba sonriendo que morir como un cadáver tieso y bien preservado con un montón de dinero y nadie ni nada en qué gastarlo.

—Más bien soy señorita realista —insistió ella neciamente, cruzándose de brazos y recargándose contra el barandal—. Lo siento, pero la verdad es que eres imprudente e inmaduro.

—¿Ah, sí?

—Sí —replicó ella con ojos llameantes—, ¡y esa actitud te mantendrá por siempre en este pueblo con tu viejo camión oxidado y un terreno que parece más árido que Marte!

Madeleine resopló, horrorizada de que aquellas palabras hubieran salido realmente de su propia boca. ¿Cómo pudo dejarse llevar así? Si hubiera podido enmendarse, lo habría hecho, pero ya era demasiado tarde. Los ojos de Tanner se congelaron en un azul impenetrable y retrocedió.

—Niña, no sabes nada de la felicidad. Lo único que necesito es un techo sobre mi cabeza, alimento en mi barriga y buen sexo de vez en cuando. Las primeras dos cosas están cubiertas, y eres más que bienvenida a la tercera cuando quieras.

Ella torció los labios. Acababa de insultar todo lo que él representaba y amaba, y no tenía ni idea de por qué. Sus decisiones no eran de su incumbencia. Quizá la manera en que él criticó su vida dieron en el clavo, más de lo que quisiera admitir, pero eso no era una excusa. De cualquier modo, la frialdad de él le dolió. Dios, nada en ellos era compatible, al menos no fuera de la recámara. Nunca debió ir aquella noche, fue estúpido. ¿Qué estaba pensando? Tragó saliva y levantó la barbilla.

—Creo que será mejor que me lleves a mi casa.

—No tienes que pedirlo dos veces —replicó él—, sólo déjame ir por las llaves de mi viejo camión oxidado.

Dio una docena de zancadas hasta su casa, abrió la puerta y desapareció en el interior. Ella cerró los ojos y suspiró. Quería ir tras él y suplicarle que la perdonara, decirle que se había portado como una estúpida y que lo sentía mucho, pero sabía que era mejor dejar las cosas así. Quedaba claro que no podían ser amigos. Pasó la noche entera intentando ignorar la atracción casi palpable que había entre ellos. No.

Lo mejor era una ruptura limpia. No podía confiar en sí misma para relacionarse con Tanner Callen.

Cuando él volvió, llaves en mano, y se dirigió hacia el camión, ella lo siguió en silencio. Gracias a Dios sólo bebió media cerveza; de otra manera tendrían que esperar a que estuviera sobrio y ella quizás habría decidido caminar a casa aunque le tomara toda la noche. Sintiéndose culpable, y con la cabeza tan erguida como su conciencia se lo permitía, subió al camión y no pudo reprimir otro suspiro.

Su año en Sunnybell sería eterno.

Capítulo 10

—SÉ EXACTAMENTE QUÉ NECESITAS.

La atención de Madeleine volvió al presente y parpadeó al mirar a su asistente.

—¿Perdón?

Laurie Beth puso los ojos en blanco y rio.

—Jefa, has estado a un millón de kilómetros de esta oficina esta semana. ¿Por qué no te tomas un descanso y vienes al club de lectura esta noche?

Por más que Madeleine quisiera negarlo, estuvo sumamente distraída esa semana. Seguía sintiéndose fatal por lo que le dijo a Tanner y por la manera en que se despidieron. Las mujeres de la oficina la invitaron a salir un par de veces aquella semana, pero con la excusa de que tenía que desempacar se quedó en casa y compadeciéndose de sí misma por estar en aquel pueblo. Lo único que quería era subir a su auto y manejar, hasta ver Nueva Jersey en el espejo retrovisor.

—Gracias, pero será para la próxima. Dudo mucho haber leído el libro, de todas formas —dijo. En realidad, era más probable que sí hubiera leído el libro. Leer era su único escape real, y había leído mucho desde su mudanza a Sunnybell. Tenía que agradecer a los libros electrónicos, pues no había una librería en muchos kilómetros a la redonda. Una cosa más que aquel pueblo no ofrecía.

—Ésa no es una buena razón —dijo Laurie Beth, agitando una mano—, nunca hablamos del libro por más de cinco minutos. La verdad es que vamos ahí por el vino, los famosos panqués de Clarita y una buena dosis de rumores.

—Suena tentador, pero no gracias.

—A ver, señorita Harper —discrepó Laurie Beth, mientras tomaba asiento frente al escritorio de Madeleine y la miraba persuasivamente—, no quiero parecer entrometida, pero sé muy bien que terminaste de desempacar hace días. La hija de la señora White dice que no ha visto cajas vacías en el basurero desde el martes —declaró, y el ceño fruncido de su jefa no la hizo detenerse—. Tienes que salir y disfrutar de tu nuevo pueblo. Te vas a divertir, te lo prometo. Ah, y el señor Harvey, de la abarrotería, dice que el Chardonnay es tu vino favorito. La señora Letty, la anfitriona de esta sesión del club de lectura siempre tiene Chardonnay, así que estarás satisfecha.

Madeleine dejó escapar un largo suspiro. ¿Algún día

llegaría a acostumbrarse a que tantas narices husmearan en sus asuntos? Abrió la boca para rechazar la oferta, pero lo dudó por un instante. Era una persona social. Ya había pasado suficiente tiempo sola y no sería una mala idea comenzar a ponerle nombres a las caras que veía a su alrededor. Al menos así sabría quién murmuraba sobre ella.

—Está bien, de acuerdo. Mándame los detalles y veré si puedo llegar —dijo, enderezando los hombros. Una sonrisa triunfante iluminó el rostro de su asistente.

—¡Perfecto! —exclamó—, ¿por qué no paso por ti al cuarto para las siete? La señora Letty vive en el fin del mundo, no quiero que te vayas a perder de noche.

—¿Y si nos encontramos aquí y te sigo hasta el lugar? Así cada una se puede ir cuando quiera —sugirió Madeleine. Aunque iría, necesitaba un plan de escape por si las cosas no iban bien.

Resultó que Laurie Beth no exageraba. Para cuando se estacionaron frente al pintoresco rancho aquella noche, Madeleine estaba tan mareada que dudó en encontrar el camino escoltada por la policía. Tendría que pedirle a Laurie Beth que le apuntara las instrucciones para llegar a casa antes de salir. ¿Por qué toda esa gente tenía deseos de vivir a la mitad de la nada?

Madeleine bajó de su auto mientras negaba con la cabeza y miraba a su alrededor. El rumor de algunas risas llegaba desde la casita iluminada, mientras las últimas luces del atardecer le daban una idea de la clase de espacios abiertos que la rodeaban. Inhaló para darse ánimos. Ésta sería su primera experiencia puramente social en ese pueblo. Esperaba sinceramente que fuera mejor que sus recientes interacciones con Tanner.

Volvió a su auto para tomar la botella de vino que había traído, pues le parecía que una buena botella de Chardonnay nunca sobraba, y siguió a Laurie Beth hasta la puerta principal por un camino de grava. Antes de que tocaran, la puerta se abrió y detrás apareció una mujer mayor con su blanco cabello esponjado y un par de brillantes gafas rojas para leer.

—¡Dios santo!, creí que nunca llegarían —dijo, señalando al interior—, adelante, adelante.

Laurie Beth le dio a la bajita y rolliza mujer un abrazo antes de señalar a Madeleine.

—Señorita Letty, ella es mi nueva jefa, la señorita Madeleine Harper. ¡Es de Nueva York!

La mujer sonrió ampliamente antes de darle un abrazo que dejó a Madeleine un poco desconcertada. Los neoyorquinos no abrazaban a nadie en el primer encuentro.

—Sabía quién eras sólo porque eres la desconocida —dijo, mientras la soltaba—, quiero que me cuentes todo acerca de Nueva York. El libro de este mes fue más aburrido que ver caer las hojas, te lo juro. Necesitamos algo de entretenimiento. Ven, déjame presentarte a todas, y luego tú y yo podemos sentarnos en algún rincón y platicar más a gusto.

Madeleine permitió que la señora Letty la arrastrara hasta el salón, donde una docena de mujeres conversaba animadamente. Se hicieron las presentaciones y Madeleine se esforzó en recordar todos aquellos nombres y rostros. La última mujer que conoció. Ashley, le pareció vagamente familiar, y de pronto recordó de dónde la conocía.

—¡Ah! —soltó, tronando los dedos—, me acuerdo de ti. Eres la jinete más prometedora del toro mecánico de El alarido.

—Tomaré eso como un cumplido —replicó la morena mientras se le iluminaba el rostro—, me da gusto volver a verte. Siento que no hayamos tenido oportunidad de platicar más aquella noche, pero bueno, parecías estar bastante ocupada.

Su mirada de complicidad fue sutil y amistosa, pero Madeleine se ruborizó de todas maneras.

—Sí, me alegra que nos hayamos vuelto a encontrar —dijo, y tras aclararse la garganta, se dirigió hacia la señora Letty—, ¿podríamos abrir este vino?

—¿Acaso los pájaros vuelan? —replicó con gesto travieso antes de guiar a Madeleine hacia la cocina —. Ya tenemos una o seis botellas abiertas, así que sírvete.

Provista con el vino en una mano y un panqué de chocolate en la otra, Madeleine se unió al grupo y se dedicó más a observar que a participar, aunque sí había leído el libro. Se trataba de un grupo bastante culto, e hicieron referencias a otros libros durante su discusión. Por primera vez, le pareció que tenía algo en común con sus nuevas vecinas. Por supuesto, ayudaba que todas fueran tan amistosas.

Sonrió. Le parecía fascinante la manera en que conversaban, comentando libros mientras bromeaban, comentaban algunos rumores o compartían confidencias. Se veían tan cómodas que parecían haber sido amigas por décadas. Probablemente así era. Algunas de las frases más típicamente tejanas la hicieron reír a carcajadas, como cuando una de las mujeres declaró que la heroína era tan tonta "como un emparedado de sopa", y cuando Ashley se quejó de que su pastel "quedó tan seco como una bolsa de aserrín en julio". Las demás se apresuraron a asegurarle que estaba delicioso, pero ella desechó sus elogios y se enfocó en el vino, frustrada.

Aunque Madeleine se sentía un poco fuera de lugar, era muy agradable estar rodeada de aquellas mujeres y reír. Cuando debatían si el final del libro era bueno o no, Letty le indicó con un dedo que fueran a la cocina. Madeleine se levantó sin titubear y la siguió hacia el comedor.

—No puedo escuchar una palabra más acerca de ese tonto libro —comentó la señora mientras se sentaba a la cabecera y le daba un sorbo a su vino—, la protagonista era tan pesada como una bolsa de martillos. La verdad, prefiero leer romances, pero este mes le tocó proponer a Betty Anne, y todas le seguimos la corriente y la dejamos elegir una de esas historias en las que alguien muere trágicamente.

Madeleine se resistió a reír. El libro no le había molestado, pero le pareció que la manera en que el autor mató al hermano menor de la protagonista, justo antes de terminar, era pura manipulación emocional.

—Ya veo —dijo diplomáticamente, al notar que Letty esperaba una respuesta.

—Y ahora, preferiría escuchar todo acerca de la ciudad de la que vienes.

—¿Qué te gustaría saber? —preguntó Madeleine con una sonrisa, y se sentó junto a ella.

—Ay, querida, no me importa. Siempre quise ir y nunca pude. Mi esposo habría preferido caminar descalzo sobre un espino que viajar a Nueva York. Tuve que conformarme con ver *La Ley y El Orden* y *Sexo en la Ciudad*. Cuéntamelo todo.

Madeleine se sentó en una silla mientras controlaba la risa que le provocaba imaginar a la señora Letty viendo *Sexo en la Ciudad*. La relajante calidez del vino corría por sus venas y la actitud de su interlocutora, tan amistosa y deseosa de escuchar acerca de su ciudad natal, la animaron a darle un recorrido virtual digno de una guía turística. La mujer le hizo preguntas, rio en los momentos correctos y se deleitó ante varias de las descripciones de Madeleine. Nunca habría imaginado que eso era justo lo que necesitaba.

—¡Por Dios!, ¿de qué tanto hablan ustedes dos? —preguntó Laurie Beth desde el umbral, con las manos llenas de pastel envuelto en papel aluminio. Letty sonrió mientras le daba a Madeleine unas palmaditas en la mano.

—La señorita Harper me está maravillando con historias de la ciudad. Y sólo de imaginarlo me estoy poniendo verde de envidia.

Laurie Beth sonrió y se inclinó para darle a la mujer un beso en una mejilla antes de incorporarse.

—¡Qué lindo! Bueno, pues yo estoy por irme —dijo Laurie Beth—, ¿quieres venir, Madeleine?

—Debería. Si no, voy a perderme.

—Nada de eso, querida —intervino Letty, apretando los dedos de Madeleine—, tengo las instrucciones impresas por aquí, no hay prisa. Además, me parece que te he estado sirviendo demasiado vino, así que será mejor que esperes un poco antes de ponerte detrás del volante.

Madeleine accedió asintiendo con la cabeza, aunque sólo había bebido dos copas de vino en más de dos horas y media. Se despidió de Laurie Beth antes de volver con su anfitriona.

—Siento mucho ser la única que habló esta noche —le dijo—, charlar contigo fue maravilloso. Deberías visitarme en la ciudad cuando vuelva.

—¿Te vas? —preguntó Letty, arqueando sus cejas delineadas—, ¡pero si acabas de llegar!

La mujer parecía realmente acongojada. Madeleine le sonrió gentilmente y dijo:

—Estoy feliz de estar aquí, pero sólo es temporal.

Letty soltó una carcajada, y Madeleine arqueó las cejas en señal de confusión.

—Yo dije lo mismo hace cuarenta años, antes de casarme. Yo era de San Antonio y no podía imaginarme viviendo aquí, a la mitad de la nada.

—¿Ah, sí? —preguntó Madeleine, sorprendida de enterarse de que no era nativa de aquel pueblo—, ¿qué te hizo cambiar de idea?

—Amaba a mi esposo, y él amaba esta tierra. No sé cuándo sucedió, pero en algún momento me enamoré de esta tierra también —declaró, y sus pálidos ojos azules se llenaron de esperanza mientras recordaba el pasado. Madeleine asintió con una sonrisa.

—Me alegro de que haya sido lo mejor para ti —dijo Madeleine, intentando ahogar un bostezo mientras miraba el reloj. Eran casi las nueve y media. Se levantó de la mesa y dijo—: Déjame ayudarte a limpiar un poco antes de irme.

La señora Letty accedió, pero entonces el sonido de la puerta trasera hizo que se levantara de su silla de un salto.

—Ah, ¡qué bien! Ése debe ser mi nieto.

Madeleine habló tanto, que ni siquiera le preguntó a la mujer acerca de su familia. Tendría que hacer un esfuerzo para encontrarse con ella de nuevo y hablar más acerca de su vida. Forzó una sonrisa amable para saludar al chico, pero se congeló de inmediato cuando sus ojos se toparon con el alto, fuerte y muy conocido hombre que atravesó el umbral.

—¡Ah, Tanner! —exclamó la mujer, con una voz destellante de júbilo—, tengo alguien a quien presentarte.

Capítulo 11

POR UNOS CUANTOS SEGUNDOS, Tanner se paralizó como una estatua de piedra, mientras su cerebro galopaba directamente al peor escenario posible. ¡Que Dios lo ayudara (y también a Madeleine)!, si ella le dijo algo a su agudísima y conservadora abuela. Pero la lógica llegó a sus acelerados pensamientos un par de segundos después. Basándose en el alegre saludo de la abuela Letty, nada dijo... aún. ¡Gracias a Dios!

Tanner inhaló profundamente y forzó una tensa sonrisa, mientras le daba un toque a su sombrero a modo de saludo. La entusiasta bienvenida de su abuela al fin se registró en su mente. Cautelosamente, preguntó:

—¿En serio?

Letty parecía muy inocente mientras se acercaba a darle un abrazo, pero él conocía su sonrisa de casamentera, y ésta bienvenida tenía la marca de Cupido. Él estuvo a punto de suspirar. Como si necesitara quedar en ridículo frente a Madeleine. Permitió que su mirada se desviara hacia el "alguien" en cuestión. Con sólo verla de pie, sintió que sus pulmones colapsaban. ¿Qué hacía ahí, en la casa de su familia, viéndose tan sensual y dulce en sus jeans rosas y su blusa de encaje blanco? Seguía furioso con ella, no importaba lo hermosa que se viera.

—Sí, señor —replicó la abuela Letty con un malicioso destello en sus ojos azules. Señaló a su visitante—. Señorita Madeleine, usted tiene que conocer a mi guapo nieto. Es muy famoso, aunque no lo creas.

Cuando los ojos de Tanner chocaron con los de Madeleine, él le imploró mentalmente que mantuviera la boca cerrada respecto a que pasaron una noche juntos. Diablos, le encantaría que su abuela no sospechara que se conocían. Si llegaba a notar algo, acabaría adivinándolo todo. La expresión de Madeleine era imposible de leer y eso hizo que su pulso se acelerara. Tras unos cuantos segundos, ella dirigió su mirada hacia Letty y sonrió.

—Debes estar muy orgullosa de tener un nieto famoso —dijo. La tensión en los hombros de Tanner se desvaneció. Madeleine era lista: no había mentido.

—Orgullosa como un pavorreal —dijo Letty, acariciándole a su nieto el brazo—, aunque bueno, ya está retirado. Sólo un hombre haría una carrera montándose en una bestia que pesa diez veces más que él. Mi viejo corazón no habría aguantado mucho más.

Por primera vez en años, la culpa le carcomió la conciencia. A su abuela le tomó años no desfallecer al escuchar cualquier cosa sobre el rodeo. Pero hacia el final de su carrera, llegaron a una tregua, y ella ni siquiera se presentó a su última competencia. Él nunca quiso pensar en la preocupación que le causaba a su abuela que él persiguiera su sueño.

Ahora, tras la conversación que tuvo con Madeleine acerca de su elección de carrera, sentía que volvía a ponerse a la defensiva. La manera en que ella lo miraba, con una ceja arqueada y con esa expresión de "te lo dije", hizo que el enojo volviera a inundarlo. Desviando la mirada de aquellos ojos dorados, apretó la mano de su abuela.

—No dudo que nos sobrevivirás a todos, me dedique a lo que me dedique —le dijo.

—Le dejaremos esa decisión al Señor, muchas gracias. Yo sólo estoy contenta de que estés en casa, donde perteneces —dijo Letty, y se dio la vuelta para sonreírle a su invitada—, y hablando de estar en casa, Madeleine es nueva en este pueblo, así que cuida tus modales y salúdala como se debe.

Él suprimió un suspiro. Ya que estaba ahí, no había manera de escapar. Dio un paso adelante y le dio una mano.

—Fuiste muy amable al venir a visitarnos, Madeleine.

Ella le echó un vistazo a su mano, bastante sorprendida por el gesto. Tras un segundo, reaccionó y la estrechó.

—Me alegra estar aquí, Tanner. Tu abuela es una persona maravillosa.

El contacto de su suave y cálida piel envió una chispa de deseo que lo atravesó de lado a lado. La sensación no era bienvenida, menos aun dada la manera en que se habían despedido. Realmente no podían estar juntos, no importaba lo que su galopante corazón dijera. Rompió el contacto de inmediato y metió las manos a los bolsillos.

—Bueno, pues no te entretengo más.

—Ah... trataba de ayudar a tu abuela a limpiar un poco —dijo ella, mirando hacia Letty—, ¿qué puedo hacer?

—¿Por qué no reúnes las copas de vino mientras yo descanso un momentito? Tanner puede lavarlas luego.

La mandíbula de Tanner estuvo a punto de caer al suelo: nunca había visto que su abuela aceptara ayuda de nadie para limpiar. ¡Diablos!, ¡con trabajos se lo permitía a él! Y ahí estaba, dejando desvergonzadamente que Madeleine recogiera y asignándole a él labores tras su jornada de doce horas en el granero. Ah, sí, no cabía duda: la abuela Letty estaba de casamentera esa noche.

Tanner iba a decir que él podía encargarse de todo, pero Madeleine se le adelantó:

—Por supuesto. Tú ve a relajarte un poco. Tu nieto y yo nos encargaremos de todo.

Madeleine notó que Tanner estuvo a punto de negarse y no dejaría que eso sucediera. Era mejor interrumpirlo antes de que protestara. Su conciencia le exigía disculparse por sus crueles palabras, y éste probablemente era el mejor momento para hacerlo. No quería que las cosas se salieran de control, cosa que sucedía cuando estaba con Tanner, y ya que estaban en la cocina de su abuela, le pareció que no habría mejor oportunidad para hacer las paces.

La señora Letty sonrió, le dio un par de palmaditas como agradecimiento, y caminó hasta el salón. Prendió la televisión y subió el volumen lo suficiente como para que Madeleine supiera que estaba intentando darles privacidad. Ella giró para enfrentar al nieto de Letty, que tenía el ceño fruncido.

—No me molesta lavar, si prefieres —dijo.

—No tengo problema —replicó él bruscamente. Se dirigió al fregadero y abrió la llave del agua. Ella titubeó antes de reunir todas las copas. Tras ponerlas en la mesa, lo miró.

—No sabía que ésta era la casa de tus abuelos —dijo. Necesitaba transmitirle a Tanner que aquello no era una conspiración. Eso era lo que él pensó al principio, obviamente. En el instante en que sus miradas se encontraron, la expresión de él se transformó en un gesto de horror, como si ella fuera a divulgar todos los detalles de su relación hasta el momento.

—Así que sueles llegar a las casas de los extraños para pasar un buen rato, ¿eh?

—Laurie Beth Simmons me invitó a su club de lectura. ¿Cómo iba a saber que tu abuela era la anfitriona?

Él le lanzó una mirada prolongada, sonriendo aunque intentara controlarse.

—¡Ah, esa Laurie Beth! Esa chica siempre se mete en problemas. ¿Por qué te juntas con ella?

Por un instante, Madeleine sintió una punzada de celos al detectar cierto cariño en la voz de él. La molestia la sorprendió. ¡Qué ridículo: tenía derecho de sentir cariño por quien le diera la gana! Además, su asistente le caía bien, aunque fuera terriblemente impertinente de vez en cuando.

—Trabaja para mí, de hecho —dijo, e intentó aligerar el ánimo de él añadiendo—: de hecho, ella me informó tu estatus de galán local.

—Siempre ha estado bien informada —dijo él, impasible, mientras lavaba las copas. Al fin, algo de su personalidad bromista volvía. Era lo que ella estaba esperando. Le golpeó la cadera con la suya y le sonrió.

—Oye, tú... Siento mucho todas las cosas que te dije. Me porté como una desgraciada y no te lo merecías.

—¿Sabes? Mi mamá y mi abuela me enseñaron a nunca

discutir con una mujer —dijo, lavando y mirándola de reojo—, así que te voy a dar la razón en ese asunto, sólo por cuestión de buenos modales.

—Ya veo. Bueno, pues gracias, supongo —dijo Madeleine, riendo. Él enjuagó la copa y se sacudió el agua de las manos antes de volver a mirarla.

—Para ser justos, tengo que admitir que yo también me porté como un idiota esa noche.

—¿En serio? —preguntó ella, bromeando con él a pesar de sí misma—, la verdad es que no noté ninguna diferencia con tu comportamiento de siempre.

Eso lo hizo reír, y le salpicó un poco de agua.

—¡Maldita neoyorquina! —gruñó alegremente. Ella chilló y saltó hacia atrás.

—¡Oye! ¡Esta blusa me gusta! —se quejó. Su risa fue lenta y sexy, y la mirada de él recorrió la blusa de encaje.

—¡Qué coincidencia —dijo Tanner—, a mí también!

Sus palabras corrieron por sus venas, enardeciendo su piel. Fingiendo que su corazón no se aceleraba, Madeleine arqueó una ceja y señaló el fregadero.

—Pon la mirada en los trastes, compañero. No puedes dejarme ese desastre a mí.

—Cuando dices "ese desastre" te refieres a tu desastre, ¿no? Cualquiera sabe que mi bebida preferida no se sirve en una copa. Sólo te estoy ayudando porque soy un ser bonda-doso.

—Ja. Más bien porque le temes a tu abuela.

—No lo niego —replicó él sin ninguna vergüenza—, esa mujer sembró el miedo en mi alma desde que era niño. No lo he olvidado y mi trasero tampoco.

Madeleine tuvo que morderse el labio para no reír. Lo último de lo que quería acordarse era de su trasero. Pero la verdad era que su voz expresaba tanta ternura cuando ha-blaba de su abuela, que Madeleine se conmovió. Se podía decir cualquier cosa de Tanner, pero nadie podría negar que amaba a su familia. La puerta se abrió entonces y un hom-bre alto, delgado y de piel endurecida atravesó el umbral. El cabello blanco y brillante le asomaba bajo el sombrero de vaquero y sus ojos azules observaron directamente a Made-leine.

—¡Buenas! —saludó, con una voz parecida a la de Tan-ner, pero un poco más áspera. Se quitó el sombrero y lo lanzó a la mesa—. Esperaba encontrarme con una hermosa dama en mi cocina, pero tú tienes cuatro décadas menos que la mujer que tenía en mente.

—¿Jack? ¿Eres tú? —gritó Letty desde la sala—, deja en paz a los jóvenes y ven a sentarte aquí.

—Momento, momento, mujer —replicó, guiñándole un

ojo a Madeleine. Luego bajó la voz y se dirigió a su nieto—.
¿No vas a presentarme, Tanner?

—¡Claro! —dijo Tanner amablemente—, ella es la señorita Madeleine Harper, que se acaba de mudar de Nueva
York. Madeleine, él es mi abuelo, Jackson Callen, mejor conocido como el abuelo Jack.

Sonriendo, Madeleine le dio la mano al hombre.

—Encantada de conocerlo, señor. He pasado una noche
muy agradable con su esposa.

Su mano era rugosa y endurecida, pero no dejaba de ser
cálida y amable.

—Un placer, señorita Madeleine. Espero que Tanner no
le esté dando problemas.

—No hoy, al menos —replicó Madeleine, mientras lan-
zaba una mirada provocadora al alborotador en cuestión.
Se dio cuenta de que eso implicaba que Tanner y ella ya se
conocían, al notar que las blancas cejas de Jack se alzaban,
interesadas. Iba a responder, pero su esposa eligió ese instante para volver a llamarlo.

—Más me vale no dejar a mi novia esperando. Y tú, no te
preocupes por limpiar. Para eso está la servidumbre —bromeó, señalando a Tanner. Tras sonreírle a ella y propinarle a
su nieto una firme palmada en la espalda, se dirigió al salón.
Tanner cruzó los brazos y le lanzó a Madeleine una falsa
sonrisa.

—Estás fuera de peligro —le dijo—, ahora vete a casa antes de que cambiemos de opinión.

—Probablemente sea una buena idea —suspiró ella, aunque la idea de irse a casa no era tan atractiva—. Tu abuela mencionó algo acerca de unas instrucciones impresas...

—Seguro. Dame un minuto y las encontraré —dijo él, secándose las manos en la toalla de cocina antes de desaparecer por el pasillo. Minutos después Madeleine se despidió, sintiéndose sofocada por los abrazos de Letty, pero aceptó visitarla pronto. Para ese momento, Tanner la esperaba en la puerta principal con las instrucciones.

—La noche está muy oscura —dijo suavemente—, te acompaño hasta tu auto.

Cualquier otra noche, lo habría rechazado. Pero esta vez su mirada era cálida, la noche era fresca y el rumbo desconocido. Podía sentir la electricidad despertando entre ellos de nuevo, y no estaba lista para dejar ir esa sensación. Se humedeció los labios y asintió, ignorando la vocecilla sensata que le hablaba desde el fondo de su cabeza.

—Después de ti.

Capítulo 12

ANTES DE SALIR HACIA LA TERRAZA, Tanner tomó la mano de Madeleine y ella no protestó. La verdad era que sí estaba oscuro. Y la grava nunca le sentaba bien a los zapatos de tacón, y seguramente había un montón de animales salvajes en Texas... y quería tomar su mano. Ahí estaba: lo admitía. A veces una mujer quería tomar la mano de un hombre. Por supuesto, que Tanner fuera la definición de ardiente no estorbaba.

Pasearon hacia el auto perezosamente, como si estuvieran deambulando por un parque. En la oscuridad, resultaba natural disfrutar la calidez de su mano y la firmeza de su musculoso brazo. El aroma de su loción viajaba por el viento nocturno, recordándole la primera noche que pasaron juntos. Tragó saliva, intentando ser sensata como siempre, pero acercándose más a él a cada paso.

Cuando llegaron al auto, ninguno de los dos hizo ningún movimiento para abrir la puerta. La noche estaba tan tranquila que ella pudo escucharlo inhalar profundamente mientras le acariciaba la mano con el dedo pulgar.

—¿Has mirado al cielo desde que llegaste aquí? —preguntó él en un sensual susurro. Ella levantó la barbilla, pero su mirada no llegó más allá de la atractiva silueta del rostro de él.

—Los neoyorquinos nunca miramos para arriba —replicó ella, casi en un murmullo.

—Te garantizo que nunca verás un cielo tan lindo como el de aquí. Aléjate un poco de esa caja de metal y mira lo que te habías estado perdiendo.

Ya veía de lo que se había perdido. Estaba frente a ella, con su cabello castaño revuelto y un par de ojos que traicionaban cada uno de sus pensamientos. ¿Por qué tenían que sentirse tan bien juntos? La lógica decía que eran incompatibles, pero ahí estaba ella, sintiendo que estaba justo donde debía estar.

Los labios de él mostraron una suave sonrisa. Puso un dedo bajo su barbilla y le inclinó la cabeza hacia arriba suavemente. Entonces ella dejó ir sus emociones conflictivas y permitió que su mirada se desviara. El cielo sobre ellos no parecía real. Era como una de aquellas fotografías de satélite de la Vía Láctea, con espirales de estrellas diseminadas como diamantina sobre una alfombra azul marino. Ella suspiró, tan consciente de la calidez de su tacto como de la espectacular vista del firmamento.

—¡Increíble!

Él se movió, recargándose contra el auto mientras la atraía suavemente hacia él.

—Exactamente lo que estaba pensando —dijo.

El corazón de ella comenzó a saltar dentro de sus costillas. Sabía que él no hablaba del cielo. Cuando al fin se decidió a mirarlo, lo que vio en sus ojos hizo que su estómago diera un vuelco.

—Debería irme —dijo ella suavemente, sin moverse un centímetro.

—Sí, deberías —murmuró él, inmóvil en su lugar.

—Tengo que trabajar mañana —musitó ella, acercándose a él de modo que las caderas de ambos se rozaban y sus pechos se acariciaban.

—No lo dudo —replicó él, y sus dedos sujetaron la cintura de ella, provocándole un escalofrío. Él se acercó más hacia su cuerpo lenta y deliberadamente—. Así que... déjame darte un beso de buenas noches.

El corazón de Tanner galopaba mientras esperaba la respuesta de ella. ¡La deseaba, Dios, cómo la deseaba! ...pero no quería que hubiera malentendidos entre ellos. Su relación hasta ahora era tan impredecible como un tornado en diciembre.

Le encantaba la sensación de tenerla entre sus brazos. Sus dedos acariciaron la piel expuesta de su espalda, justo bajo la costura de su blusa. Resultaba imposible no pensar en la noche en que acarició ese mismo sitio con los labios.

—No sé si deberíamos —murmuró ella, tan cerca, que él podía sentir la calidez de su aliento sobre su mejilla.

—Yo si sé. Definitivamente, deberíamos.

No podía hacer nada, sólo esperar a que ella decidiera. Tras algunos latidos llenos de suspenso, Madeleine sonrió suavemente.

—Sólo esta vez.

¡Gracias a Dios! Tanner no esperó ni un segundo más antes de abrazarla y posar sus labios en los de ella. El suave sonido de satisfacción que ella emitió lo hizo estremecer. No había olvidado lo bien que conectaban, la manera tan perfecta en que sus cuerpos se unían.

La besó lenta y largamente bajo el imponente cielo tejano. Se tomó su tiempo, sin acelerar un solo instante. Si estaba cediendo sólo por una vez, tomaría la oportunidad para hacerla cambiar de parecer, porque esta clase de química no se encontraba todos los días. Mordisqueó, acarició, enredó su lengua con la de ella una y otra vez. Se sentía tan bien... tan perfecto. Parecían tener todo el mundo para ellos.

Pasaron muchos minutos hasta que ella se alejó y lo miró

con sus grandes ojos castaños. A pesar de lo tenue de la luz, podía ver los reflejos dorados. Se lamió el labio inferior inflamado.

—Debo irme —dijo. Él sonrió.

—Sí, ya lo habíamos dicho.

Ella rio suavemente y negó con la cabeza.

—Cierto. Bueno, esta vez es en serio —dijo, dedicándole una media sonrisa—. Gracias por acompañarme hasta acá. Nos vemos... después.

Tanner la besó una vez más, fugaz y dulcemente, antes de que ella abordara su elegante auto y se fuera. Mientras se alejaba, él no podía dejar de pensar en lo increíble que era ella, en lo valiente que fue al mudarse al otro lado del país completamente sola para entrar a un trabajo intimidante, incluso en cómo se unió a un club de lectura e hizo amistad con una mujer mayor para aprovechar al máximo una zona que no le gustaba.

Nunca había pretendido que conociera a su familia. Ninguna de las mujeres con las que había salido conocieron siquiera su pueblo porque él se impuso una serie de reglas al respecto hace años. Pero, ¿no estaban las reglas hechas para romperse? Comenzaba a pensar que, al menos en este caso, así sería mejor.

Capítulo 13

MADELEINE COMÍA SU ENSALADA de manzana, queso feta y nueces cuando su celular vibró. Dejando de lado la hoja de cálculo que analizaba, miró el número en la pantalla. No le parecía familiar, aunque la clave era local. Titubeó antes de responder, pero muy poca gente tenía su número personal. La curiosidad la venció, así que tragó su bocado rápidamente y respondió.

—¿Madeleine? —dijo una voz enérgicamente.

—Esperaba encontrarte en tu descanso de comida. ¿Lo logré?

Su estómago dio un vuelco al escuchar el canturreo característico de Tanner. Añoraba el beso de la noche anterior, aunque dudaba que su deseo fuera mejor que la realidad.

—Estoy comiendo y trabajando. ¿Quién te dio mi teléfono?

—Aunque no lo creas, mi abuela me lo envió en un mensaje de texto esta mañana. "Por si acaso", escribió.

Madeleine rio alegremente.

—¿Tu abuela sabe enviar mensajes de texto? —preguntó. Era difícil imaginar a la señora Letty en su cocina de los 70, enviando mensajes de texto. ¡Por Dios, todos los muebles de su casa eran prácticamente antigüedades!

—Aunque usted no lo crea. Descubrió que era más fácil comunicarse conmigo por medio de mensajes que si intentaba llamar cuando estaba en el rodeo.

—Así que tu abuela es más tecnológica que tú, ¿eh? —preguntó Madeleine.

—A ver, a ver, mi abuela me enseñó un montón de cosas, pero la tecnología no es una de ellas, definitivamente.

—Y sin embargo, me llamaste en vez de enviar un mensaje. No puedo creer que contesté una llamada telefónica por mi propia voluntad. Es muy 2007 —bromeó Madeleine. El profundo estruendo de la risa del otro lado de la línea le alegró el corazón.

—¿Me colgarías el teléfono si te dijera que quería escuchar tu voz?

Ella se mordió el labio.

—Debería.

—Mmm.... vaya. No escucho que se corte —dijo él, y ella casi podía ver su sonrisa. Miró la hoja de cálculo frente a ella y suspiró. Éste no era el momento para coquetear con él.

—Oye, Tanner, ¿necesitas algo? Soy una mujer ocupada,

¿sabes? —dijo en tono ligero, y removió los papeles de su escritorio para mayor efecto.

—A ti —declaró él, y pausó lo suficiente como para despertar la curiosidad de ella—. He decidido que es hora de que conozcas el campo como debe de ser.

—¿Cómo es eso? —preguntó ella cautelosamente.

—Ven a mi casa mañana a las diez y lo sabrás.

—Es muy poca información para que deje todo tirado y vaya hasta allá.

—¿De verdad? —canturreó él—, y yo que creía que eso despertaría tu interés. Supongo que lo averiguaremos mañana —dijo, y un segundo después, dijo adiós y colgó el teléfono.

Madeleine miró la pantalla, incrédula. La confianza que tenía en sí mismo era sorprendente. Que esperara todo lo que quisiera: no había manera de que Madeleine fuera allí al día siguiente.

A la mañana siguiente, él ya la esperaba fuera de su casa cuando llegó a las diez y cinco. De acuerdo: él tenía razón acerca de su curiosidad, pero ella se rehusaba a reconocerlo. Además, era sábado y no tenía nada más que hacer, y el día anterior resultó bastante duro. Tanner era su escape, lo admitiera o no.

Apagó el motor, bajó del auto y puso las manos en la cintura.

—Ojalá que esto valga la pena —dijo mientras alzaba una ceja en actitud de desafío, sin perder de vista la deslavada camisa a cuadros y aquellos jeans que le quedaban tan bien a Tanner. Parecía el protagonista de una película moderna de vaqueros, un *look* que a ella le gustaba cada vez más. Su sonrisa era suave, entrecerrando los ojos.

—Así será, señorita, así será —replicó él, tirando ligeramente del borde de su sombrero—. Sígueme.

La guio hacia el granero, haciendo tronar la grava bajo sus pies con sus botas. Mientras atravesaban la puerta, el olor a heno y caballos asaltó sus sentidos. Había varios establos y, en el pasillo principal, un par de corceles con riendas. Madeleine se quedó helada y sintió que la sangre se le iba a los pies cuando comprendió.

—Eh... ¿qué estás planeando exactamente, Tanner? Pensé que me llevarías a recorrer el campo.

—Así es —asintió él mientras caminaba hasta el caballo más cercano, una esbelta yegua color castaño—, y será montando un caballo, como debe de ser.

Tomó una silla de montar y se la colocó a la yegua. Los ojos de Madeleine se abrieron mucho y comenzó a retroceder casi sin darse cuenta.

—¿Estás loco?

Una cosa era andar en una carreta arrastrada por caballos alrededor de Central Park y otra muy diferente sentarse *sobre* un caballo.

—Por ti, quizá —dijo él mientras le sonreía por encima del hombro y ajustaba una cinta de cuero—, pero si vamos a hablar de caballos, querida, yo no bromeo.

Ella negó con la cabeza, incrédula. ¿Acaso no le había dicho, hace unos días, que su padre murió montando a caballo?

—No sólo estás loco... deberían encerrarte en el manicomio. No hay manera de que me monte al lomo de ese animal.

La yegua era realmente hermosa, y esperaba pacientemente a que Tanner terminara de acomodar la silla. Pero Madeleine no se sintió más inclinada a cabalgarla. Él terminó de asegurar la montura y la miró de un modo desafiante y reprobador.

—Vamos, Madeleine vive la vida un poco. Te prometo que lo vas a disfrutar —dijo, manipulándola gentilmente con esa sonrisa—. La gente siempre le teme a lo desconocido.

—Quiero vivir, ese justamente es el punto. Por eso no voy a subirme a una enorme bestia a la que no sé controlar.

—La señorita Red, es tan dulce como una mamá primeriza. Puedes confiar en mí.

No. Estaba loco, ella no haría eso. Aunque su voz fuera cálida y tentadora y su sinceridad pareciera genuina, no. No tomaría ese riesgo.

Se mordió el labio. No sería capaz... ¿o sí?

—Dame dos horas —rogó él, sintiendo que comenzaba a convencerla—. Podemos cabalgar hasta el río para hacer un picnic. Si no te gusta, estaremos suficientemente cerca como para caminar de regreso.

—Tanner... —ella estaba a punto de negarse, pero él se acercó y puso sus manos en los antebrazos, mirándola directamente a los ojos.

—Confía en mí, Maddie. Y no te preocupes: no es una cita. Cuando volvamos, te cobraré la lección.

—Eres imposible —rio ella. Ni siquiera se quejó de cómo la llamó. Sus padres se habían asegurado de que nadie intentara "destrozar" su nombre, o que le pusieran cualquier apodo, pero a ella le gustaba cómo sonaba ese acortamiento en los labios de Tanner. Le gustaba cómo cualquier cosa sonaba en su boca.

—Lo soy —dijo con una desvergonzada sonrisa—, ahora di que cabalgarás conmigo.

Ella inhaló profundamente, arrugó la nariz y asintió. Quizás estuviera loca: estaba a punto de poner su vida en las manos de un vaquero y su caballo. Y no, no quería detenerse a examinarlo con demasiada calma.

Capítulo 14

—¡ME MENTISTE!

Tanner arqueó una ceja, haciéndose el inocente.

—No tengo la menor idea de qué estás hablando.

Ella lo miró con expresión de falso enojo, sin evitar sonreír. Se veía tan increíblemente linda, montada sobre la señorita Red con sus jeans deslavados, su gorra de beisbol y sus piececillos con zapatos deportivos asomando de las bridas.

—Estamos a kilómetros y kilómetros de tu casa. Sería imposible caminar de regreso.

—Técnicamente puedes caminar cualquier distancia, si quieres —dijo él sonriendo, y soltó una carcajada cuando ella puso los ojos en blanco—. Además, sabía que no querrías caminar después de haberlo intentado, y tuve razón. Parece que estuvieras hecha para montar a caballo.

—Estoy bastante lejos de eso —gruñó ella—, las manos

me duelen de aferrarme a las riendas. Y ni hablemos de que me duele todo lo demás.

Él soltó otra carcajada, jaló las riendas y detuvo a su caballo para desmontar. El río gorgoteaba alegremente unos metros más allá, su superficie destellaba a la luz de la mañana. Ése siempre fue su rincón favorito, y le entusiasmaba mucho compartirlo con alguien por primera vez. Caminó hasta Madeleine y tomó las riendas de la señorita Red.

—Pero lo disfrutaste —dijo. Le pareció que a Madeleine le tomó unos diez minutos relajarse, y seguir el ritmo de la yegua. Su creciente confianza era tan adorable. Era la clase de mujer a la que le gustaba estar en control de sí misma y sus alrededores, y la manera en que confió en él le hizo pensar que aún había esperanza para ellos. Le sonrió y, a regañadientes, asintió.

—Fue sorprendentemente agradable. Y es tan hermoso aquí afuera...

Él alzó la mirada hacia ella con los ojos muy abiertos.

—No lo puedo creer... ¿acaso escuché un elogio para mi pueblo?

Ella arqueó una delgada y rubia ceja bajo la gorra.

—Si digo que sí, ¿me ayudarás a bajar de este caballo?

Riendo, él le enseñó dónde poner las manos para detenerse mientras bajaba.

—Saca uno de los pies de los estribos, levanta la pierna por encima del caballo y deslízala hacia abajo.

—¿Y si el caballo se asusta? ¿Si me resbalo? —preguntó ella.

—Yo tengo las riendas, así que no se irá a ningún lado. Y yo estaré aquí para sostenerte, pase lo que pase.

Ella asintió y siguió sus instrucciones y él tuvo oportunidad de ver por un segundo su magnífico trasero mientras ella deslizaba la pierna y bajaba de la montura. Él le rodeó la cintura para aliviar un poco de la presión de la espalda del caballo.

—Ya te tengo. Puedes soltarte.

Para su sorpresa, ella lo hizo de inmediato. Se deslizó contra él en una caída controlada hasta que finalmente sus pies tocaron el suelo. Él atoró las riendas en la silla, confiando en que la señorita Red se quedaría quieta, pero dejó su otra mano donde estaba, sobre la cadera de Madeleine.

—Lo hiciste muy bien —le murmuró al oído. Olía muy bien. El aroma frutal de su champú se mezclaba con el aire de Texas. Él se inclinó para besarle el cuello. Su piel era suave y dulce, y tan provocadora que no pudo evitar besar su hombro. Ella se dejó besar por tres segundos antes de enderezarse y girar entre sus brazos.

—¡Ah, no! —dijo, con las mejillas ruborizadas y la barbilla alzada con determinación—. Me prometiste un picnic y no voy a dejar que me distraigas, muchas gracias.

Él retrocedió y arqueó las cejas.

—Tal vez para el postre, entonces. Ven, tengo una comida de primer nivel lista para nosotros —y se dirigió hacia su caballo, Levi, para tomar la canasta. Ella lo siguió.

—De primer nivel, ¿eh? ¿Qué tienes ahí, pasta con nabos y queso de cabra? ¿Frittata a las finas hierbas? —bromeó ella, y él sonrió mientras extendía la sábana en el suelo.

—Mucho mejor que eso —dijo él mientras metía la mano a la canasta y revelaba su contenido con gran aspaviento—. Sólo lo mejor para ti, Maddie.

Cuando ella vio la comida, se echó a reír.

—¿Sándwiches de crema de cacahuate y mermelada?

Él asintió mientras le ofrecía uno, con una adorable y sexy sonrisa en los labios.

—Crema de cacahuate con mermelada casera de fresa y el mejor pan artesanal de la tienda de Harvey —anunció, y sacó más cosas de la canasta—. Ensalada de pepino preparada por tu servidor, y los famosos macarrones con queso de la abuela Letty, que son deliciosos aunque estén fríos. Ella dice que el ingrediente secreto es amor, pero apostaría a que es doble mantequilla y queso.

Mientras Madeleine reía, se sentía genuinamente conmovida por el gesto. Tanner recordó su vegetarianismo y tuvo mucho cuidado al escoger los alimentos.

—Es un banquete gourmet, de los mejores que he visto —dijo, asintiendo. Se puso cómoda mientras él servía los dos platos desechables. La suave brisa ondulaba su cabello mientras se concentraba en su tarea. Los caballos comenzaron a pastar alegremente cerca del río, que parecía más un manantial, y él árbol les brindó la sombra suficiente para que Madeleine pudiera quitarse la gorra y soltar su cabello.

—Esto es muy agradable —dijo mientras tomaba el plato que él le dio—, me gusta el sonido del manantial. Hace que esta parte tan tranquila del campo sea un poco menos silenciosa.

—Mmm —accedió él, mirándola mientras le daba un bocado a su emparedado—, nunca se me había ocurrido que el silencio fuera algo que habría que evitar.

—Estás acostumbrado a él—dijo ella. Se preguntó qué opinaría Tanner de Nueva York si fuera a quedarse allá unos días. El pensamiento fue tan inesperado que ella bajó la mirada y se concentró en comer. ¿Era eso lo que ella quería? ¿Que él pudiera integrarse a su vida real algún día?

—Es lo que me gusta —aclaró—. No he estado en el noreste, pero conozco muchas ciudades. Algunas personas necesitan ruido; otras, silencio —dijo, sonriéndole de una manera que hizo que un ejército de mariposas aleteara en su estómago—, aunque realmente deseaba que la tranquilidad de Sunnybell, fuera algo que llegara a gustarte.

—Tengo que admitir que ya aprecio algunos de sus encantos. Sigo prefiriendo los rascacielos y los taxis más que las áreas verdes y los caballos, pero... —y se encogió de hombros mirando las colinas de Texas— como dije, es agradable. Pacífico pero lindo.

Él rio y negó con la cabeza.

—Únicamente tú puedes agregar un "pero" a esa frase.

—Sólo estoy siendo honesta.

—Admiro la honestidad —dijo él, alzando el tenedor a modo de saludo—. El abuelo Jack siempre dice que es la virtud más tramposa de todas. Puede ser usada para bien y para mal.

—Parece ser un gran hombre —dijo ella, inclinando la cabeza a un lado—, de hecho, recuerdo que alguna vez dijiste que te salvó la vida.

Sabía que era entrometida, pero no era la primera vez que pensaba en aquellas palabras. Él asintió solemnemente mientras engullía un bocado de pasta.

—Yo fui... poco cuidadoso hace algunos años, en mi adolescencia. Mi madre luchó mucho para criarme sola, y yo seguía furioso por haber perdido a mi padre. Hice cosas de las que no me enorgullezco. Me involucré con gente con la que no debí involucrarme... y el abuelo Jack intervino.

Al ver que no le molestaba hablar del tema, decidió continuar.

—¿Cómo?

—Me dio dirección, guía, disciplina. Me mostró el significado del trabajo duro y encauzó mi rebeldía. La abuela Letty odiaba los riesgos que yo tomaba en el rodeo, pero mi abuelo sabía que era la mejor alternativa.

La calidez y el respeto que fluían en su voz cuando hablaba de sus abuelos eran inequívocos. Le sonrió suavemente y flexionó las rodillas contra el pecho. Lo envidiaba, anhelaba la relación que compartía con sus abuelos. Sus padres consideraban que las llamadas semanales eran demasiada cercanía. Se congratulaban por un trabajo bien hecho al ver que su niña tenía las alas suficientemente fuertes como para no volver al nido.

—Eres muy afortunado, ¿sabes?

—Lo sé —replicó él, asintiendo. Dejó su plato y se acercó a ella—. Todavía más afortunado por haberte encontrado con la guardia baja aquella primera noche.

—Oye, no siempre estoy a la defensiva —dijo ella. Cuando él rio, ella cedió—. Me protejo, no me defiendo. No quiero arruinar mi vida.

Él le acomodó un mechón de cabello detrás de la oreja.

—No, nunca harás eso. Eres demasiado inteligente.

—¿Ah, sí? Si soy tan inteligente, ¿qué diablos estoy haciendo aquí?

¿Qué estaba haciendo, sentada junto a él a la mitad de la nada, perdiéndose en sus ojos azules y en su manera de hablar, perezosa como si cantara? Podría estar en el trabajo, tratando de interpretar los documentos que estuvo revisando el día anterior. Él deslizó su mano por la piel de su brazo.

—La vida no puede ser siempre como lo dice tu cerebro. A veces también tienes que escuchar a tu corazón.

—Eso no suena muy prudente —dijo ella, mirando los dedos de Tanner sobre su piel. Él se inclinó hasta que sus labios rozaron los de ella.

—Eso es porque estás pensando demasiado.

Y entonces sus labios se posaron en los suyos, y ella dejó de pensar. Permitió que la empujara suavemente hacia la sábana, mientras la provocaba con sus labios y su lengua. Se apoyó en su brazo, mientras él exploraba la curva de su cadera con la mano derecha. Madeleine exhaló con placer cuando los labios de él encontraron su cuello. Tomando ventaja de su posición, deslizó las manos sobre su abdomen, deleitándose en cada curva y gimiendo mientras recordaba cómo se sintió estar junto él, piel con piel, dos semanas atrás.

Tras un minuto, la mano de ella continuó hacia arriba,

viajando a través de su pecho antes de dirigirse a los músculos de sus bíceps. Apretó, hundiendo los dedos en su firme piel. Con un gruñido, él encontró sus labios de nuevo y la besó profundamente. ¡Sí, por favor! Se arqueó cuando la palma de él se deslizó por sus costillas y se instaló sobre su pecho. El calor de su mano era el paraíso. La apretó suavemente mientras su lengua seguía enredándose con la suya.

Aquella noche debió ser cosa de una sola vez, pero ¿cómo podía resistirse a eso? Era un ardiente vaquero con un gran sentido del humor y un cuerpo increíble, y claramente la deseaba tanto como ella a él. ¡Sí que lo deseaba! Cuando él se retiró para trazar un camino de besos por la curva de su mandíbula, ella suspiró de éxtasis.

—Me gustas, Maddie —susurró él contra su piel húmeda de besos—, mucho, mucho.

Retrocedió apenas lo suficiente para mirarla a los ojos, apretándole suavemente la cintura.

—Y no tengo que analizarlo mucho para darme cuenta de que armonizamos tan bien como las abejas y la miel.

Él estaba simplificando el asunto, pero ya tendría ella tiempo de pensar al respecto después. Ahora mismo, lo único que quería era perderse en sus increíbles besos. Se incorporó para aferrarlo de la nuca y lo atrajo hacia sí. Y entonces, justo cuando sus labios iban a encontrarse, su teléfono vibró en su bolsillo trasero, arrancándola violentamente del momento. Fue aún más preocupante cuando se dio cuenta de que no había sonado desde que salieron de la casa de él. Inhalando profundo, trató de aclarar su nublado cerebro. El hombre era como una droga.

—Un segundo, debería ver de qué se trata —le dijo, empujando sus hombros. Él cerró los ojos por un instante antes de decir:

—¿Estás segura de que quieres contestar? Nadie espera que respondas un mensaje de texto al instante.

Ella no estaba segura, pero era demasiado tarde. La razón estaba abriéndose camino contra los bloqueos que ella se impuso. ¡Diablos! Sonriendo amablemente, asintió. Él suspiró y se incorporó, reticente, antes de ayudarla a hacer lo mismo. Se veía despeinado, frustrado y sexy como el demonio, pero Madeleine tuvo que desviar la mirada mientras sacaba su teléfono.

—No puedo creer que tenga señal aquí —dijo al mirar la pantalla. Él se encogió de hombros mientras se sentaba.

—Las llamadas nunca entran, pero los mensajes de texto sí, aunque tarden un poco.

Mientras leía el mensaje, la incredulidad convirtió su sangre en hielo.

—¡Dios mío! —musitó, releyendo el mensaje. La adrenalina la hizo ponerse de pie de un salto.

—¿Qué pasó? —quiso saber él, con la frente arrugada de preocupación.

—Tengo que irme. Ahora mismo —dijo ella, tragando saliva mientras lo miraba con el corazón a mil por hora y la mente muy lejos del lugar en el que se encontraban—. El trato acaba de ser cancelado.

Capítulo 15

EL MENSAJE DE TEXTO que su jefe le mandó desde la ciudad estaba en mayúsculas y parecía habérsele tatuado a Madeleine dentro de los párpados.

WESTERFIELD ROMPIÓ EL CONTRATO. ¿DÓNDE ESTÁS?

¿Dónde estaba mientras la llamaban una docena de veces y le escribían seis correos electrónicos? Estaba con la mirada perdida en los ojos de un seductor vaquero con una perezosa sonrisa y labios extremadamente deseables. Estuvo a un millón de kilómetros, alimentando una fantasía que estaba fuera de sus posibilidades.

Todo el camino de regreso maldijo la decisión de montar a caballo, y estuvo deseando espolear a su yegua para llegar más rápido, pero a pesar de sus circunstancias, tenía demasiado miedo. Cuando llegó a la oficina y supo exactamente lo que sucedía, habían transcurrido dos horas. ¿Cómo es que no notó las señales? ¿Por qué no percibió que Westerfield se estaba acobardando de dejar el trabajo de toda su vida a una fría corporación a miles de kilómetros de distancia?

Trabajó duro durante semanas, maldita sea... Fue tan arrogante, creyendo que tenía todo bajo control, pero Westerfield sólo le dio por su lado mientras saboteaba el trato por debajo del agua. Ese día fue un infierno. Llamada tras llamada, docenas de páginas de documentos legales, meses de trabajo se caían por un barranco. No había manera de probar que el asunto falló por su culpa, pero... ella era la responsable y no logró realizar la fusión.

No importaba que Westerfield hubiera buscado una laguna en el contrato, el equipo legal debería haber cuidado cada aspecto desde el inicio. No importaba que ese contrato hubiera sido negociado mucho antes de que ella se hiciera cargo. Ella era la gerente de adquisiciones y de alguna manera perdió el único proyecto que estaba a su cargo.

Cuando al fin llegó a casa, eran las nueve de la noche. Se sentía vacía y paralizada. Cuando, a la mañana siguiente, sonó su teléfono, sentía como si sólo hubiera dormido diez minutos. Los números rojos de su despertador indicaban las siete con veintiún minutos. Tomó su teléfono antes de que la llamada se fuera a correo de voz y cuando vio el nombre de su jefe en la pantalla, la sangre abandonó su rostro. Enderezó los hombros y respondió.

—Madeleine, soy Franklin. Disculpa que te llame tan temprano un domingo, pero necesitaba encontrarte antes de que te fueras.

—No, no, está bien —carraspeó ella, intentando modular su voz para no sonar tan adormilada.

—Mira, la compañía está asumiendo esta situación como una pérdida total y no quiero alargar esta situación para ti.

No era una llamada inesperada. La compañía no gastaría ni un dólar más para tenerla ahí en Texas ahora que el trato estaba muerto.

—Entiendo perfectamente, señor. Puedo estar en la oficina el miércoles.

Empacar todo y manejar de regreso en menos de tres días sería brutal, pero no podía darse el lujo de parecer relajada ante aquel desastre. Tenía la sensación de que pagaría caro por esto en los años por venir. Hubo unos instantes de silencio del otro lado de la línea. La angustia la inundó y los cabellos de su nuca se erizaron.

—El punto es —dijo Franklin, vacilante— que tu puesto actual ya no hace sentido ahora que el trato se ha derrumbado.

Ella parpadeó, tratando de digerir sus palabras.

—Ya... ya entiendo. Bueno, supongo que eso tiene sentido. Si la compañía cree que debo volver a mi antiguo puesto como asistente, así lo haré, por supuesto.

Ser degradada resultaba casi impensable y sumamente humillante, pero podía volver a ascender, eventualmente. Su ascenso fue un golpe de buena suerte, de todas maneras. Sería un golpe amargo a su orgullo, pero podía manejarlo. Cerró los ojos, pensando en el momento en que les daría las noticias a sus padres.

—No, Madeleine. Lo que ocurre es que el sobrino del director de finanzas ya está instalado en tu antigua posición. El señor Kennedy quiere que Jeremy conserve el puesto —informó, y Madeleine casi pudo escucharlo tragar saliva con dificultad—. Me da pena informarte que con los cambios en la empresa, tendremos que dejarte ir.

Empacar sus cosas y limpiar la casa alquilada le tomó menos de tres horas. En primer lugar, no planeaba quedarse por mucho tiempo, así que la mayoría de sus cosas seguía en una bodega de Nueva York. El lunes llamó a la compañía de mudanzas y agendó una cita para que recogieran todo, le informó a la compañía de bienes raíces que tendría que dar por terminado el contrato y se contactó con la recepcionista para que reunirse con ella en la oficina antes de la hora de entrada.

No quería ver a Laurie Beth ni a Westerfield ni a nadie con quien hubiera trabajado. Era un fracaso absoluto y la idea de que la vieran con lástima era demasiado para ella. La señora McLeroy era la única en quien podía confiar, para tratarla de forma profesional y al menos ser algo discreta. También fue la única que no la miró con imprudencia respecto al asunto de Tanner.

Tanner. Madeleine no podía pensar en él en ese momento. Su corazón ya estaba fracturado... no necesitaba estresarse más y lidiar consigo misma. Fue muy estúpida al involucrarse con él en primer lugar. ¿Qué creyó que sucedería? ¿Que podía tener una aventura con un residente mientras viviera ahí? Se dejó llevar cuando debió estar totalmente concentrada en su trabajo.

Ahora no importaba. Continuaría ignorando sus mensajes de texto hasta que estuviera en Nueva York y luego le enviaría una nota disculpándose por no haber contestado antes y deseándole una vida feliz.

—Bueno, pues no me gusta nada que tenga que partir, señorita Harper —dijo la señora McLeroy con una amable sonrisa cuando Madeleine le dio las llaves—. Puede que se haya sentido como una pieza que no encajaba en el rompecabezas, pero me parecía que comenzábamos a encontrar su sitio.

No tenía idea de cómo responder a eso, así que sólo sonrió.

—Gracias, señora McLeroy. Le agradezco por aceptar encontrarse con los de la mudanza en la semana. Es un peso menos sobre mis hombros.

Tras despedirse de ella, Madeleine tomó la última caja y

se dirigió a la puerta, sintiéndose extrañamente indecisa. Lo último que esperaba al llegar a su auto era ver a Tanner recargado sobre la puerta, con los brazos cruzados y los azules ojos llenos de rabia. Madeleine estaba demasiado cansada para enfrentar eso. Inhalando profundo, asintió fríamente antes de dirigirse a la puerta del copiloto y acomodar la caja sobre el asiento. El resto de su auto estaba tan lleno, que no sabía cómo vería por el retrovisor.

—¿Planeabas irte sin siquiera despedirte? —preguntó él, en tono acusador.

—Tengo muchas cosas en la cabeza. Te iba a escribir después —dijo, y la curiosidad la hizo preguntarle—, ¿cómo supiste que estaba aquí?

—Mi amigo, Mack McLeroy, me dijo que su mamá iría a trabajar saliendo de la iglesia para ayudarte a cerrar algunos asuntos antes de que te fueras del pueblo —dijo, y negó con la cabeza mientras la seguía fijamente con la mirada—. Directo a tu amada Nueva York sin decir una palabra, ¿eh?

Ella rodeó el coche, forzada a confrontarlo para que se retirara de la puerta del conductor y ella pudiera irse. No quería tener aquella conversación ni encontrarse con sus ojos, pero no pudo evitarlo.

—Sí —replicó, molesta—, como ya no tengo trabajo, regresaré lo antes posible para buscar algo.

La frialdad de él se transformó en algo muy cercano a la simpatía mientras se acercaba.

—¡Oh, diablos, Maddie!, ¿te despidieron? ¡Eso es ridículo! —exclamó, y sonaba tan indignado como ella se sentía, aunque eso no le ayudara en nada.

—Más que despedirme, mi puesto era redundante. Sucede todos los días en el mundo empresarial —respondió ella encogiendo los hombros y ocultando sus emociones al respecto. Aferró la manija de la puerta, pero él tomó su mano para detenerla.

—¿Entonces cuál es la prisa? Si no tienes que ir corriendo a una empresa que no sabe apreciar lo bueno cuando lo tiene, ¿por qué no te tomas unos días para aclarar tu mente?

Al sentir el bienestar que le transmitía su mano, Madeleine cerró los ojos y retrocedió.

—No hay nada que aclarar —dijo ella bruscamente, intentando ignorar el dolor en la mirada de Tanner—, necesito llegar a casa para sumergirme en el mercado laboral de nuevo. Tengo un buen currículum y hay cientos de trabajos en la ciudad a los que yo podría postularme.

Él negó con la cabeza.

—Pero, ¿eso es lo que quieres? ¿Otro trabajo que no te importa en una empresa cualquiera a la que le da lo mismo tenerte que correrte?

Ella se tensó, molesta de que él dijera de modo tan exacto aquello que vagó por su mente toda la noche.

—Soy una excelente trabajadora, para que lo sepas. Mis habilidades son muy buscadas y pienso utilizarlas para volver a ascender —declaró. Éste era sólo un bache en el camino; no permitiría que aquello desviara sus planes a largo plazo. Exhalando ruidosamente, Tanner se mesó los despeinados cabellos.

—¡Por Dios!, no dije que no fueras una grandiosa trabajadora, pero ¿qué es realmente lo que quieres hacer en la vida? ¿Cuál es tu pasión?

Ella negó con la cabeza, huyendo de la pregunta.

—Quiero éxito. Quiero un buen fondo para mi retiro. Ya hablamos de eso —replicó. Cualquier duda que tuviera al respecto tenía que ver con cómo se sentía en ese justo momento: alterada. Era lo más natural, ¿o no? ¿Quién no estaría así tras la serie de eventos que ocurrieron en las últimas veinticuatro horas?

—Maddie —dijo él suavemente, dando un paso adelante y acariciándole los brazos con las manos—, no tiene que ser así. Podrías quedarte, ¿sabes? La abuela Letty adora tenerte cerca, y a mí tampoco me parece tan mal —dijo en tono bromista.

No, no podía hacer eso. Ya había permitido que él la distrajera por demasiado tiempo, y ¿a dónde la llevó eso? Para tener éxito y cumplir sus expectativas, tenía que concentrarse, y ya le quedó claro que cuando él estaba cerca, eso era imposible. Retrocediendo deliberadamente, alzó la barbilla y lo miró a los ojos.

—Mi nombre es Madeleine, no Maddie. Y aunque vivir aquí ha sido ciertamente... distinto a lo que esperaba, quisiera volver a mi vida real lo antes posible.

Mientras pronunciaba aquellas palabras, el corazón le dolía, pero se negaba a claudicar. Cuando regresara a casa, todo volvería a ser normal. Él la miró y, por un instante, ella creyó que discutiría. Pero entonces sus labios se apretaron y asintió, quitándose de su camino.

—Pues bueno, Madeleine, no seré yo el que se interponga en tu camino hacia tu "vida real". De verdad espero que encuentres lo que estás buscando.

Con una inclinación de su sombrero, dio media vuelta y se dirigió hacia su camión, marcando cada paso con sus botas en el asfalto. Ella inhaló profundamente para intentar calmarse, y abrió la puerta del auto, tomando asiento sobre la suave piel. Encendió el motor, salió de su lugar de estacionamiento y condujo hacia la carretera. A medida que las colinas de Sunnybell se alejaban en su espejo retrovisor, comenzó a concentrarse en el camino. Pronto estaría en casa, y este lugar tan excesivamente tranquilo y la gente entrometida que vivía en él, serían poco más que un recuerdo.

Capítulo 16

—POR LO VISTO, TU MAMÁ CRIO A UN TONTO.

—Buenas tardes para ti también —replicó Tanner, dándole un beso a su abuela en la mejilla. Los mozos y él habían trabajado duro toda la mañana y estaba exhausto. El que no hubiera dormido nada bien las últimas noches, no ayudaba. Letty puso los ojos en blanco mientras le ofrecía un gran vaso de té helado.

—El almuerzo está en la mesa. Y no creas que puedes cambiar el tema. Tengo un pleito contigo.

Sentándose en una de las sillas de la cocina, Tanner suspiró.

—¿Qué hice esta vez?

La verdad, no tenía ni idea. Estuvo trabajando como un perro la última semana esforzándose por olvidar a la linda rubia que entró y salió de su vida como un huracán. Había muchas cosas que quiso decirle, pero a fin de cuentas dudaba que hicieran alguna diferencia.

—Tras todos estos años, al fin conoces a la chica perfecta y la dejas ir sin una sola palabra de protesta.

Las cejas de él se arquearon.

—¿Mi chica perfecta? ¿De qué hablas?

Para la abuela Letty, Tanner vio a Maddie en una ocasión, y sólo de paso. *Madeleine...* corrigió mentalmente. Su abuela puso las manos en la cintura y lo miró con expresión exasperada.

—Crees que estoy ciega o que ya no me doy cuenta de lo que pasa a mi alrededor, porque sólo un tonto no habría notado cómo mirabas a esa chica, y sólo un necio no habría notado la manera en que ella te veía a ti.

Tanner estuvo a punto de ahogarse con su té.

—¿La manera en que ella me veía? Si sólo la vi esa vez...

Él pensaba que estaba mucho más enamorado que ella. Tanner sabía que él le atraía, claro, pero no lo veía como algo más que una diversión, una manera de matar el tiempo hasta que volviera a Nueva York. El rostro de su abuela se suavizó mientras tomaba asiento junto a él.

—Puede que sea vieja, pero puedo reconocer el amor a kilómetros de distancia. Además, por lo que he escuchado, ustedes congeniaron de maravilla la noche que se conocieron —dijo. La mirada de sabihonda que le lanzó lo hizo lamentarse en voz alta. Por lo visto, los rumores habían llegado a oídos de su abuela después de todo.

—Tú no deberías saber eso —reclamó.

—Y tú no deberías dejar que se vaya. Pero supongo que heredaste la terquedad de mí.

Él se recargó en el respaldo, digiriendo lo que escuchaba. La verdad era que extrañaba a Madeleine como loco. No *podía* dejarla ir, pero sobre todo *no quería* dejarla ir. Al escuchar a su abuela, sintió que su corazón se llenaba de alivio, gracias a algo muy parecido a la esperanza. ¿Sería posible que él le gustara a Maddie tanto como ella a él? Actuó tan distante antes de irse... pero estaba lidiando con un terrible golpe.

Mientras permanecía ahí sentado, en la cocina de su abuela, supo que sería imposible responder a esa pregunta. De pronto, un nuevo objetivo le enderezó la columna. Dejó el vaso sobre la mesa y se puso de pie de un salto. Si quería saber cómo se sentía ella, pues sólo había una manera de averiguarlo. Después de todo, no era el tipo de conversación que un hombre debía tener en el teléfono.

Su primera llamada fue a una aerolínea que tenía un vuelo disponible al aeropuerto de La Guardia a las tres de la tarde. No tenía un minuto que perder. Tras una breve conversación con el abuelo Jack, quien sonrió y le dijo que se largara de su granero y fuera a buscar a la chica, se subió a su camión y salió a toda prisa. Se detuvo en su casa para empacar una maleta con un cambio de ropa y estaba en la carretera en menos de media hora.

En el camino llamó a Mack para pedirle que se encargara de sus animales. Su amigo accedió casi de inmediato. Después, Tanner convenció a la señora McLeroy de que le brindara la dirección de Madeleine en Nueva York, aunque ella le juró que le rompería el trasero si Madeleine llegaba a enterarse de dónde la había conseguido. Aunque ni siquiera estaba seguro de que Madeleine estuviera ahí... Era un riesgo, pero ya cruzaría el puente cuando estuviera frente a él.

Cuando al fin llegó al aeropuerto, se estacionó en el primer lugar que encontró en su camino, se echó la maleta al hombro y corrió hacia la entrada. Ésta era la cosa más loca que había hecho, pero sabía mejor que nadie que si uno quería algo en la vida, tenía que estar dispuesto a arriesgarse. Las puertas dobles se abrieron mientras se acercaba, y avanzó tan rápido, que no vio que otra persona se aproximaba hasta que estuvieron a centímetros de chocar. Alcanzó a detenerse, pero cuando alzó la mirada para disculparse, su corazón dio un salto hacia su garganta.

—¿Madeleine? —respiró completamente incrédulo. Vestía unos jeans y un abrigo negro, demasiado abrigada para el clima de Texas. Su cabello estaba sujeto en una desordenada coleta y su hermoso rostro no llevaba nada de maquillaje a excepción de un toque rosado en los labios. Sus ojos dorados estaban tan sorprendidos como los de él.

—¿Qué haces aquí?

Tanner quería abrazarla y besarla hasta que ninguno de los dos pudiera respirar, pero tenía demasiado qué decir y seguían en medio de la gente, con las puertas eléctricas intentando cerrarse cada instante. Tomándola de la mano, la guio al conjunto vacío de sillones al final de la terminal. Su corazón galopaba vertiginosamente mientras la atraía hacia él, embriagándose con la presencia de la mujer de la que se enamoró irremediablemente en cuestión de semanas. Negando con la cabeza, entrelazó los dedos con los de ella.

—No puedo creer que estés aquí. Iba a buscarte.

Ella abrió la boca mientras lo miraba, totalmente anonadada.

—¿Ibas a Nueva York? ¿Cómo? ¿Por qué? —carraspeó. Él se humedeció los labios y le mostró esa perfecta sonrisita, tan suya.

—Bueno, porque hay algunas cosas en la vida que un hombre tiene que decir en persona. Como que lamento no haber sido más comprensivo. Y por no ser más claro al pedirte que te quedaras. Y por no decirte lo que siento en realidad.

Acercándose más a ella, le soltó las manos y la abrazó, provocando que un ejército de mariposas revolotearan en su estómago.

—¡Diablos, Maddie, quiero que te quedes! Ya entendí que estoy destinado a amar a una chica de ciudad, y espero con toda el alma que ella se dé la oportunidad de amarme.

Todo a su alrededor pareció desvanecerse mientras lo miraba a los ojos, totalmente abrumada y sin aliento. Agitó la cabeza intentando buscar las palabras adecuadas para describir la alegría que le causaba escucharlo, pero fracasó por completo. Él aprovechó el silencio para continuar con una expresión solemne y sincera.

—No puedo mudarme a Nueva York por las responsabilidades que tengo en el rancho de mi abuelo, pero si estás dispuesta a negociarlo, y de veras espero que así suceda, yo estaría dispuesto a mudarme a San Antonio y conducir de ida y vuelta todos los días. Sé que no es *tu ciudad*, pero es una ciudad llena de ruido y con el bullicio y los restaurantes elegantes que tanto te gustan.

Los ojos de ella se llenaron de lágrimas al escuchar su declaración de amor. Sabía exactamente lo que Sunnybell significaba para él. Ofrecerse a mudarse para estar con ella era la cosa más dulce y romántica que cualquiera hubiera hecho por ella jamás. Parpadeando para apartar la humedad de sus ojos, negó con la cabeza.

—Odio decepcionarte, pero no me voy a mudar a San Antonio —declaró. Y abrazándolo, continuó—: No llevaba ni dos días en la ciudad cuando me di cuenta de que ya no me sentía en casa. Resulta que prefiero montar a caballo que subirme a un taxi, ¿puedes creerlo? No sé cómo sucedió, pero de pronto mi definición de "hogar" ha cambiado. La ciudad me pareció tan ruidosa e impersonal, que sólo podía pensar en el refugio tranquilo que encontré en Texas... y en el hombre que me enseñó a disfrutarlo. Así que, vaquero, resulta que tengo el corazón en Sunnybell, y en una cierta cabaña con cortinas blancas con rojo. Y más allá, mi corazón está contigo, Tanner Callen.

Él no pudo evitar dar un grito de alegría antes de plantarle un beso tan ardiente como para encender esas botas que ella compró para conmemorar su decisión de mudarse de nuevo a Texas. Nunca imaginó que se enamoraría de un vaquero, y menos aún de ese pequeño pueblo en el que él vivía, pero sabía que Sunnybell era el lugar donde estaba destinada a estar.

Por primera vez, podía imaginar una vida que la haría feliz, no sólo una en la que se dedicaría a palomear sus pendientes rumbo al retiro. Nunca supo qué le faltaba hasta que lo encontró y después lo dejó ir. Esta vez, estaba ahí porque eso quería. Cuando él al fin la soltó, la miró de arriba abajo lleno de amor y orgullo.

—Así que... ¿te subiste a un avión por mí?

—Ciertamente —replicó ella con una sonrisa, suma-mente feliz de estar de nuevo en tierra firme—. Cuando supe lo que quería, no pude esperar ni un minuto más para volver a ti.

—Me gusta cómo suena eso —dijo él, moviendo las cejas y haciéndola reír—. ¿Y qué hay del trabajo? Sunnybell no es un paraíso corporativo.

—Ya lo sé —respondió ella, y claramente pensé en todo—, pero gracias a la insistencia de mis padres de que ahorrara el 15% de mi sueldo, tengo lo que necesito para perseguir un estúpido sueño que no había reconocido hasta hace muy poco.

Cuando la idea se instaló en su cabeza, no logró dejarla ir. Todo su entrenamiento empresarial le sería útil, sólo que esta vez lo estaría usando para algo que de verdad le impor-tara. Las cejas de él se arquearon en señal de curiosidad.

—Abrir mi pequeña librería. Por suerte, conozco un lindo pueblecito con muchos lectores y ni una sola librería en kilómetros y kilómetros.

Él asintió, con los ojos azules destellando de admiración.

—Es la mejor idea que he oído en todo el día.

—¿De verdad? —preguntó ella inocentemente, pesta-ñeando—, porque tengo más ideas que tienen que ver con nosotros dos y con cómo pasar el resto del día.

Su sonrisa fue sensual y perezosa y prometía toda clase de deliciosas experiencias.

—Bueno, querida mía, vamos a casa, ¿te parece?

Ella rio cuando él la levantó en brazos con todo y equipaje. Madeleine lo abrazó, suspiró y le besó el cuello.

—Es como si ya estuviera ahí.

Acerca de la autora

ERIN KNIGHTLEY es autora de más de una docena de best sellers del *USA Today*, incluyendo siete novelas históricas de romance. Al principio, decidió perseguir una carrera en el campo de las ciencias, pero eventualmente recuperó la cordura, dejando de lado su lado práctico para dedicarse a escribir de tiempo completo. Junto con su alto y guapo esposo, y sus tres consentidos perritos, vive su perpetuo final feliz en Carolina del Norte.

LOS DÍAS EN BEAR MOUNTAIN SON FRÍOS, PERO LAS NOCHES SON CALUROSAS

Allie Fairchild cometió un error cuando se mudó a Montana.
Su alquiler es un desastre, sus colegas en el centro
de traumatismos son hostiles, y el guapo casero,
Dex Belmont está lejos de ser encantador.
Pero justo cuando Allie está a punto de tirar la toalla,
la vida en Bear Mountain da un sorpresivo y sensual vuelco.

Lee el adelanto de *Noches de invierno*,

disponible en:

SÓLO ÉL PODRÁ ROBARLE EL CORAZÓN

No hay nada delicado en Katherine Killin:
es una mujer rebelde e indomable.

Para deshacerse de ella y cumplir con una tregua
establecida por el duque de Glencoe,
su padre acepta casarla con el enemigo mortal
de su clan, Ben Rannoch.
Pero cuando Katherine conoce a Kirk Rannoch,
el atractivo hermano de su prometido,
inesperadamente anhela ser conquistada.

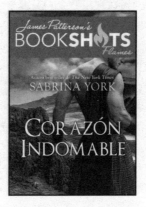

Lee el ardiente adelanto de *Corazón indomable*,
disponible en:

UNA PAREJA PERFECTA

Ella es una necesitada artista, él un galán multimillonario...
Siobhan llegó a Nueva York con un propósito: quiere
convertirse en una artista de éxito. Para pagar sus cuentas,
mientras tanto, trabaja como anfitriona en The Stone Room,
un bar para atractivos millonarios.
Ella está sola y feliz hasta que Derick, un multimillonario
experto en tecnología, le roba el aliento.

Lee el primer libro de la Trilogía Diamante,
Deslumbrante disponible en

BOOKSH🔥TS

Esta obra se imprimió y encuadernó
en el mes de abril de 2018,
en los talleres de Impregráfica Digital, S.A. de C.V.,
Calle España 385, Col. San Nicolás Tolentino,
C.P. 09850, Iztapalapa, Ciudad de México.